恋恋深圳

潭影 著

国际文化出版公司

·北京·

图书在版编目（CIP）数据

恋恋深圳／潭影著. — 北京：国际文化出版公司，
2020.6
ISBN 978-7-5125-1206-1

Ⅰ．①恋… Ⅱ．①潭… Ⅲ．①短篇小说－小说集－中
国－当代 Ⅳ．① I247.7

中国版本图书馆 CIP 数据核字（2020）第 075650 号

恋恋深圳

作　　者	潭　影
责任编辑	崔雪娇
封面设计	鸿儒文轩
出版发行	国际文化出版公司
经　　销	全国新华书店
印　　刷	三河市华东印刷有限公司
开　　本	880 毫米 × 1230 毫米　　32 开
	7.75 印张　　　　　　　200 千字
版　　次	2020 年 6 月第 1 版
	2020 年 6 月第 1 次印刷
书　　号	ISBN 978-7-5125-1206-1
定　　价	42.00 元

国际文化出版公司
北京朝阳区东土城路乙 9 号　　　　邮编：100013
总编室：(010) 64271551　　　　　传真：(010) 64271578
销售热线：(010) 64271187
传真：(010) 64271187-800
E-mail：icpc@95777.sina.net
http://www.sinoread.com

人生自是有情痴

大学毕业后即来到深圳工作、生活。无论我发生什么，也无论深圳发生什么，我们始终不离不弃，相看两不厌。

有人说，深圳人只会赚钱，没有文化，可我分明看到深圳的不眠之夜里闪动着无数读书人的身影，深圳的公益文化活动茂盛丰盈。有人说深圳人只有务实，没有理想，可我分明看到身边那么多朋友为了理想而打拼，无论这理想是为了改变世界，还是改善生活，或只是实现一个兴趣，完成一个心愿。有人说深圳人没有爱情，只有现实的考虑，可我分明看到那么多年轻人为了追求爱情而舍弃物质，他们将爱情奉为圭臬，宁缺毋滥。

这个城市也是最容易诞生奇迹的地方。因为这里的人够任性，他们自由创新，风一般生长。他们有任性的资本，他们年轻无负担，他们独立有担当。这种任性，也是"痴"，是纯粹，也是执着，是更深情的一种理性。因为"痴"，他们活出了自我和风范，也因为他们的"痴"，这个城市便有着一种昂扬向上的特立独行。

　　而关于这个超级大都市主流人群的故事似乎少了。早年关于深圳的小说，多是描写打工群体，近年关于深圳的小说，我不甚明了，偶尔翻到，也多是在深圳苦苦挣扎而迷失自我的。深圳给人的印象，似乎是物欲横流、纸醉金迷，那里的人压力山大，自私而憋屈。然而，这个移民大都市的主流应是朝气、理想，它的主流人群，高学历的白领，固然有寂寞孤独冷，更有激扬少年心。而这些，是不是可以有更多与之匹配的小说人物予以体现呢？

　　我不敢说，我恰当地描画了他们。我只能说，许多个独立任性痴情的人儿触动了我。于是突然有一天，这些故事和人物潜入我的脑海，促使我用文字勾勒他们。

　　一直以来，都想写一篇爱情小说。一直相信，爱情是值得憧憬和追求的，可以为之舍弃身外之物甚至生命。因为爱情不仅仅是爱一个人，而是内心对真善美的追求。爱情必然是乘着大愿而来的啊。于是有了《恋恋深圳》。当我们不断打拼，拥有了各种身份和标签后，我们开始害怕失去。然而，生命的成长是以失去作为代价的。很多时候，我们失去的只是自我设限的桎梏，收获的却是勇气和机遇。于是有了《完美人设》。深圳是单身男女最多的城市，他们如何面对性与爱的困惑？成长起来的深二代和深漂族会有哪些不同与碰撞？于是有了《男闺蜜》。

　　不同的题材有不同的表达方式。《恋恋深圳》是一个软科幻结合投资创业的爱情故事，文笔诗意细腻；《完美人设》是以金融圈职场为背景的成长故事，语言优雅克制；《男闺蜜》则尝试用第一人称，冷静理智的笔触，讲述一个真实而略为荒诞的故事。形式是为内容服务的，叙述风格的变化令我困惑，也令我着迷。我会在执笔之初思索良久，该用什么样的基调叙述。有时也会出现，写了大段后发现不符合整体氛围而重写。比如《恋恋深圳》，我起初用第一人称和第三人称交替的写法，用第一人称写了一万多字，发现不符合整体基调，于是全部改成第三人称，但采用多视角。

这里，你可以看到熟悉的深圳场景和地标，这里，你可以读到白领精英的志向，文艺青年的趣识。这里，写的是他人的喜怒哀乐，可你分明感受到自己的悲欣交集，还有悠然心会。

"人生自是有情痴，此恨不关风与月。"小说里的人物，如你我一般，努力真实地活着，有过期待，有过幻灭，也曾柔肠百转，也曾郁郁寡欢。他们迷惘纠结，何为输赢、何为成功，何为生命的意义和终极目的？然而他们皆是"痴人"，为爱情而痴，为艺术而痴，为理想而痴，为情义而痴。他们忠于自我、不问输赢的纯粹执着，让他们的生命迸射出超尘拔俗的光彩。人生因为"痴"而深情、而有趣、而独特。

也因为痴，我用了一年半时间，认真地写下这三个故事。多少个无眠之夜，我为故事的起承转合殚精竭虑，我为人物的悲欢离合黯然神伤。而如果，透过这薄薄的散发馨香的纸张，透过这跃动清亮的文字，你湛然微笑，心里微微一荡，这于我，一个谦卑而虔诚的写作者，便是极大的欢喜与奖赏了。

2019 年 11 月于深圳

目 录

恋恋深圳

在这个流行离开的年代，让我们都学会好好告别。

第一章

秋兰兮麋芜，罗生兮堂下。

绿叶兮素华，芳菲菲兮袭予。

夫人兮自有美子，荪何以兮愁苦。

秋兰兮青青，绿叶兮紫茎。

满堂兮美人，忽独与余兮目成。

……

——屈原《九歌·少司命》

序　幕

北方一座大山里，无明寺。

一个眉清目秀、身形俊朗的年轻人，悄悄走入禅房，在盘腿打坐的老僧对面席地而坐。

　　"师父，我明天要走了，今天来向您告别。"年轻人垂着手，恭敬道。

　　"你还是放不下，知道此去多艰吗？"老僧闭着眼睛，双手合十，语气平和，却字字落地有声。

　　"师父，您不是说要在五浊中修行吗？离此烦恼浊世，并没有修行，也没有真正地领悟。"

　　"罢了，没有拿起，又如何放下。多保重，想不开了就回来。"老僧睁开眼睛，安详地看着对面的年轻人。

　　"不会想不开的，您会保佑我的。"年轻人浅浅一笑，他的眼睛闪闪发亮，满是对未来的希冀。

　　"去吧，今天不留你了。"老僧缓缓道。

　　"好的，师父，那我走了，我会回来看您的。"年轻人说完，恭恭敬敬行了一个跪拜礼，方才起身而去。

　　老僧站起，望着渐渐消失在门廊的年轻人跃动的身影，轻轻摇了摇头。

　　"无明所系，爱缘不断，又复受身。阿弥陀佛。"他双手合十，低声吟诵。

一

　　周五下午，是上班族最快乐的时分。

　　临近下班还有半小时，大厅里的同仁早已人仰马翻，喝下午茶聊天的，煲电话粥的，聊微信的，涂口红抹指甲油准备晚上约会的，个个看似闲懒，实则都瞄着时间，只等到点打卡走人。

孟雪从房间的落地玻璃微笑地看着大厅熟悉的景象，她完全理解这种心情，她自己何尝不是如此。一个月前从嘉佳公司总部财务部调到深圳分公司财务部做总经理，工作虽然忙了些，但收入增加了一倍，离买房的梦想又近了一步。虽然，方丽云闻此肯定会不屑地嘲讽她，有了金龟婿，还担心房子，别作了。她摇了摇头，即使日后嫁了子阳，她还是希望有自己的房子，有自己的空间。

晚上是和子阳例行的约会时间，只要子阳在深圳，一般周五晚上会约她吃饭，饭毕要么回公司加班，要么赶赴下一场局。年纪轻轻就担任震林集团战略投资部总经理，虽是家族企业，有父辈支持，但自己不努力，也是做不好的。

好在，子阳一直都是勤勉的，这也是孟雪喜欢他的原因。她喜欢做事认真踏实的男孩子。

离下班还有十分钟，她又环顾了一下房间。无所事事的时候，她喜欢发呆，发呆的时候，她喜欢幻想，想着想着，画的内容和故事就来了。她画了很多画，但办公室只挂了其中一幅。

画面是一派澄澈清朗的蓝。湛蓝色的天幕，闪烁着几颗星星。湖蓝色的雪地，泛着清冽的白光。雪地上一排深青色的树，倔强地伸展着枝丫。

却没有一个人。

画面纯净清幽，又不免孤清冷寂。

她看了一眼，轻声叹息。画上本应有人的，他和她。可是，他消失了，无影无踪，如白茫茫的雪地，无一丝痕迹。

"泥上偶然留指爪，鸿飞那复计东西。"

人和人的际遇，也如飞鸿踏雪吧，来了，留下斑斑印迹；走了，时光将其覆盖。

可是，为何她的心中，但凡触及，仍会隐隐作痛。

时光总是要往前走的。她瞥了一眼电脑上的时间，关机，走出了房间。

来到福田CBD的福满楼餐厅，子阳已经点好了菜。

他们交流了各自一周的近况，主要是工作情况。震林集团的主业是房地产，嘉佳公司做建筑材料，是震林的供货商之一。两人工作虽无直接交集，但有一些共同的人脉。多数时候，是子阳说，孟雪听。子阳谈到工作的时候，两眼放光，眉飞色舞。

工作中的女人是美的，工作中的男人又何尝不是如此。

"后天有时间吗？我父亲想见你。"谈完工作，子阳转换了话题。

"早该去看看伯父了。我想想带什么礼物。"

"我都买好了，你只管去，把礼物交给父亲就好了。"

"你总是考虑这么周到。"

子阳微微一笑，又从口袋里掏出一个小盒子，在孟雪面前展开，"喜欢吗？"

一枚闪亮的银白色戒指安静地躺在宝蓝色天鹅绒底的首饰盒里，戒指的中间镶着一朵钻石做的花，亮晶晶的，仿佛碧蓝海面上盛开的白莲花。

"真漂亮！"孟雪欣喜道。

子阳从盒子里取出戒指，拉过孟雪的手，将戒指轻轻推进她的无名指。"大小合适，很衬你白净的手。"他接着凑近她的耳边，轻声道："嫁给我吧。"

孟雪的脸微微一红，虽然她预感到这一天会到来，但没想到这么快。

子阳紧紧抓住她的手，诚恳道："父亲的病等不起了，他走之前最大的愿望是看到我成家。"

孟雪看到他的眼睛亮闪闪的，似有泪光。这么好的男孩子，你还等什么呢？

子阳似乎读懂了她的犹豫，说道："结婚后你可以继续工作或者做自己喜欢的事。我知道你喜欢画画，准备了一间房给你做画室，我还准备买一套房让你母亲过来住。"停了一下，他又加重语气道："现在只是订婚，让我爸安心，结婚可以过段时间。"

她轻轻点了点头。

"太好了！"子阳一下子放松下来，他的脸上漾着笑，忙不迭给孟雪夹菜，同时聊起了最近国内外的重大事件。

孟雪吃着菜，努力做倾听状，时不时问一下。这时她的手机亮了，屏幕上方弹出一行字：简星熠请求加你为好友。她瞥了一眼，瞬间就像被人点穴了一般，无法动弹。她的手一松，夹的菜落在衣服上。她怔怔地看着手机屏幕，虽然亮光已经熄灭了。

"你的衣服。"耳边传来子阳的声音，遥远而真实。她的脸红了，赶紧用纸巾轻轻拂掉菜叶、擦拭衣服。

"好像有新消息，点开看看吧。"

面对子阳关切询问的目光，她感觉自己的脸更红了。她拿起手机，打开通讯录，点了通过。

很快，消息像雨点一样噼里啪啦朝屏幕砸过来。

"你还好吗？"

"我想见你。"

"今晚有空吗？"

"八点钟在深圳湾地铁口见。"

还是这么任性！凭什么认为我一定有空？凭什么我有空就一定要见你？想不见就不见，想见就见吗？

"你怎么啦？哪里不舒服？"

她想自己的脸色现在一定很难看。糟糕，要掉泪了。她于是像落水的人揪到一根稻草似的，对子阳说道："我去下洗手间。"她抓起手机，逃也似的离开。

她钻进洗手间，长长舒了口气，从容点开微信，几条信息像浮出深水的鱼一样，活蹦乱跳地出来了。

"从卜午到现在，我一直在街上走，想着要不要见你。"

"我终于还是想要见你。"

"原谅我的不辞而别，我会告诉你这几年我的经历。"

"晚上我等你！"

她没有回复，而是点开了他的头像，还是五年前那个。他穿着藏青色的高领毛衣，浅蓝色的牛仔裤，坐在房间的茶几上，两只手各抓着一把吉他，窄长而清俊的脸，紧抿的嘴唇，斜睨的目光，透着一股淡定和不羁。

她将手指放在他的脸上，想放大看得更清楚些，镜片后面那双眼睛依然模糊，可那双眼睛在她心里，却是异常的明晰、清亮，她的心里泛起一阵苦涩，潮热的眼睛落下泪来。

她长叹一声，对着手机说了两个字："好的。"

她在洗手间又待了许久，平复了心情，方才回到大厅的座位。

"终于回来了，我准备叫服务员去找你呢。"子阳的脸上似笑非笑。

她从嘴角挤出一丝笑容，回道："不好意思，刚才肚子有点不舒服。"

一时两人无话。

"同事出了点纰漏，我要赶过去处理一下。晚上你也要加班吧？"她必须走了。

"你先忙，我一会儿也得上楼工作。"

孟雪抓起包和手机，起身离开，听到子阳在背后叫了一句："孟雪！"

她回眸，看到子阳关切的眼神，"别太累了，晚上早点回家。"

"我会的。"她点点头，心里一热。如果他能有子阳一半的善解人意，那该多好。

可是，爱情，不就是相爱相杀么？爱他，伤害他，也伤害自己。像一把火，照亮彼此，也燃烧彼此，直至灰烬。

她走出大楼，深秋清凉的夜风如柳条拂面，流了蜜的如烟往事，也在这缕缕清风中渐次明朗。

二

　　五年前一个寻常的周六下午，孟雪去城中参加一个娱乐活动。

　　网络和社交媒体的发达，本城各类活动层出不穷，免费或消费低廉。孟雪每周末会抽出半天时间去参加这些活动，读书会、观影会、话剧表演课、音乐欣赏课、互动游戏等，因为好玩喜欢，也因为找对象的需要。这种场合，是认识单身男生的最好时机。至少，两人能玩到一起，也算志同道合吧；至少，可以避免相亲时被问到各种硬性条件时的尴尬，而每每被母亲逼着去相亲的情形犹如芒刺在背。

　　母亲孟芳菲从老家北城大学退休后，返聘到北城另一所大学当教师。每年寒暑假来深圳，最大的乐趣，就是托各种关系给女儿相亲。孟老师有不少大学同学在深圳，她甚至还去莲花山的"相亲角"帮女儿物色。"相亲角"是这个移民城市的"特产"，年轻人忙于工作，没时间找对象，闲得发慌的父母开始出动，在"相亲角"挂上自己孩子的条件和对另一半的要求，看到中意的，就过去攀谈。当然，谈话双方也是双方父母，子女们都是缺席的。

　　有一次孟老师和一位丧偶的老先生相谈甚欢，两人对了孩子的八字和星座，都惊呼太般配了。为了给女儿找对象，奔六的孟老师居然研究起星座，也是拼了。

008

在孟老师的催促下，孟雪见了这位母亲口中念叨的优秀男士。不讨厌，但也谈不上喜欢，不来电。为了母亲不再聒噪，孟雪和那位男士吃了几顿饭，也看过几场电影，双方均觉寡然无味，于是和平分手，其实根本也未开始。不过母亲似乎是和他父亲好上了，一段时间内还神神秘秘的，后来就悄无声息了。母亲这种性格，哪个男人受得了呢？父亲当年不就是这样离开她的吗？

孟雪虽然很烦母亲给她介绍，但她自己也不是一点不着急的。

"二十有七了，我的盖世英雄会踩着祥云来接我吗？"

参加过很多活动，一次又一次地被撩、撩人，暧昧、失望，但她还是一如既往地坚信，她的长身玉立又义薄云天的英雄，一定会在某个转角等着她回眸。

这一次活动，是剧本杀。从三国杀到狼人杀，再到剧本杀，悬疑烧脑又可以面对面互动的游戏，一直备受年轻人青睐。

七人，四女三男，男生除了组局者李大志，其他两位均为新面孔。孟雪扫了一眼，无感，于是开始专心玩游戏。

本子不是用网络上现成的，而是李大志提供的。人物皆用金庸小说《射雕英雄传》里的人物命名，但故事背景为当代。七人来到名为"桃花岛"的夜总会，发生了命案。

因为有上下两局，人物众多，七人杀了三小时，直杀得天昏地暗，暮色四合，饥肠辘辘。游戏结束了，众人意犹未尽，准备晚餐时继续畅谈。

这时，门口闪进一个高瘦身影，长发，白色 T 恤，蓝色牛仔裤，肩上斜挎着一个装乐器的大袋子。

待他走近，她看到他一头柔软而略带卷曲的头发，垂在耳边，包裹着白皙清秀的脸，银色的镜框里，亮着细长而深邃的眼睛，高挺的鼻梁，饱满的嘴唇。只一眼，他的一切就尽收眼底。好清俊的男生，她的心里一动。

他径直走向李大志："不好意思，下午出门前被叫去加班。你们玩完了？"

"等着你过来开饭呢。"李大志笑道。

他浅浅一笑，眼光转向身边的她。四目相对的一刻，他愣住了，眼睛一动不动，她也愣住了，不仅眼睛不会动，身体也变得僵硬，有那么两秒，他们呆看着对方。她口干舌燥，艰难地从嘴里吐出两个字："你坐。"说完，她方才想起她身边根本没有位置。该死！我失态了。她在心里恨恨地骂自己，可她的眼睛舍不得移开他的视线，于是她从椅子上站起来。

"你们认识？"耳边传来大志的声音。

"该吃饭了。"他顾左右而言他。

于是大家纷纷站起来，一哄而出。他和她并排走着，一语不发，可她分明感受到他温暖柔和的气息，像一张丝网，将她温柔而结实地环抱其中。她陶醉在氤氲暧昧的气息中，晕晕乎乎，仿佛脚底踩着一团棉花。整个世界突然安静下来，她忘却了身边的喧哗，只有他轻轻的步伐，自己细微的鼻息和怦怦的心跳。

可是很快，静美的世界被打破了。有人走过来和他说话，他们被人流分开了。饭桌上，他被李大志拉到她的对面坐，而她旁边，也很快坐了两位男生。

李大志开始介绍他，他叫简星熠。多好听的名字！她在心底轻叹。

他是今天剧本杀的编剧，大名鼎鼎的飞度公司人工智能子公司的首席架构师，擅长吉他，今晚还要赶去"聆音"酒吧演奏，他是乐队的吉他手。

李大志对他不遗余力地赞美，几个妹子发出啧啧赞叹，他微微笑着，扫了一眼大家，然后将目光牢牢定格在她身上。她也勇敢地承接着，但终于有点不好意思，垂下眉头。她有几次忍不住偷眼瞄他，每次却都撞见他直勾勾的目光，吓得她差点魂灵出窍。她心跳狂乱，仿佛有只小鹿在里面东奔西突，寻找出路。她赶紧敛气凝神，将那只小鹿按回到心房。

"话说金大侠小说里，你最喜欢哪个人物。游戏开始之前，我们都聊过了。"李大志问他。

"我喜欢乔峰，喜欢他的义薄云天。"

"女生呢？"她大着胆子问了一句。

"任盈盈，我喜欢她的刚柔相济。"

他说的人物和喜欢的理由，居然都和我一模一样，她在心里再次感叹。她抓起桌上的啤酒杯，一饮而尽。

"你说的和孟雪一样啊。来，两人喝一杯！"大志开始起哄。

"且慢，我再出一个题目，以证明他是真的了解金大侠的人物。如果他都答对的话，我再和他喝。"她突然有点人来疯，好在她先喝了一杯给自己壮胆。

"好啊,你说。"他微微一笑,眼睛里闪着光。真不愧是星熠呢,她觉得自己突然花痴了。

"负气何妨且笑天,相依瘦马不挥鞭。多情还似无情苦,肠断魂萦十六年。"

"这个简单,杨过。"

"来一个难点的,你听好。"她清了清嗓子,又念出一首诗。

"廿年相伴影无痕,我悦君兮君不闻。相看何须尽解语,爱花最是惜花人。"

他沉吟道:"廿年,爱花,自然是胡逸之了。"他又挑起眉头,似在向她挑战,"还有吗?"

"多着呢,我发到群里。"

她把十几首诗发到今天的活动小群,每首诗都对应一个金庸小说里的人物。几个好猜的被猜出后,剩下的孤零零地落在那里无人问津。众人又开始新的话题了,他却一直拿着手机在看。饭局快结束时,他在群里群发了十个名字,她回复:"恭喜全部答对!"

他擎着一杯酒走到她面前,眨眨眼笑道:"和你喝杯酒挺不容易的,不过,我喜欢。"

他的笑容晃眼睛。

她举起酒杯:"为乔峰和任盈盈干杯!"

他会是那个对的人吗?她盯着他的眼睛,似在寻找答案。而他仿佛懂了她的心思,深深地看着她的眼睛,轻轻点了点头。

次晨,她一觉睡到十点,依然睡虫附身,挣扎了几次,却是挪不开身，仿佛床上有磁铁。她打开微信，有人加好友，原来是他！她睡意顿消，"蹭"地一下从床上坐起来，点了通过。

"才起床呢？"

"怎么会，都出去跑一圈回来了，没带手机。"

"醉后不知天在水，满船清梦压星河。"

"你知道这首诗？"她的心里一阵惊喜。她的微信昵称"水天一梦"源自于此，可惜之前从未有人说过。

"呵呵，我猜你正在家里的大船上做梦吧。"他发了偷笑的表情。

他的头像换了！刚才通过的时候看到的是一张风景图片，现在是他的个人照片。他穿着藏青色的高领毛衣，浅蓝色的牛仔裤，坐在房间的茶几上，两只手各抓着一把吉他，窄长而清俊的脸，紧抿的嘴唇，斜睨的目光，透着一股淡定和桀骜不驯。

她点开头像，用手指放大了他的脸，将嘴唇轻轻贴上去。"我看你还能得意多久。"她笑了，得意地笑了。

之后，他们开始了两个小时的欢谈。她对着手机说话，发过去的是文字，手机软件可以准确无误地将任何语音转换成文本。她坐在床上，不曾挪动，蓬头垢面，脸色蜡黄，两眼却炯炯有神，肚子咕咕作响不停抗议，可她却不觉得饿。她怎么舍得花时间吃东西而不是和他说话呢？

他发了几张昨晚在酒吧演出的照片。背景昏暗，看不清楚，只见他低着头，用修长的手指拨弄着吉他上的弦，长长的刘海挡住他的半个脸。即使背微微有点弓，他仍然比在场的其他人高出半个头。那天她看他的第一眼，就猜出他的身高了。她目测男生的身高，误差不会超过两厘米。她的猜测得到了证实，他有一米八六。问他年龄，却不肯说。于是问他什么时候大学毕业的，比她晚一年。

"昨晚除了演奏，你唱了歌吗？"

"我只唱了一首许巍的《礼物》。"

"我也好喜欢他的歌，希望有一天能听你唱呢。"她发了开心的表情。

"会的，有空了我会把自己唱的歌录一个专辑，送给你。"

"太好了！不过我也想去现场听，你经常去酒吧演奏吗？"

他说自己只是乐队的候补，偶尔过去玩一下，并没有场场必到。

"如果专业从事，生活会成问题。没场子跑，就没收入。我从以前租的房子搬出来后，没退，给他们住了。他们给房租我没要，他们都挺不容易的。"

他会是那个英雄和书生的结合体吗？从小，她就喜欢看金庸小说改编的电视剧，高中时又读完了全套金庸小说。她一直渴望，遇到一个男人，似乔峰一般豪气，又像杨过一样深情，陈家洛一般儒雅。

终于结束了聊天。她滑下床头，心满意足地闭上眼睛，回想着刚才的一幕幕对话。她笑了，笑出了声，心中荡漾着淡淡的喜悦。这是爱情的感觉，她知道，虽然已经久违了。

她变成了一个恋爱中的女人，一个幸福的傻女人。

他们每天晨起报备，晚上互道晚安。他们分享彼此喜欢的一切，文学、电影、音乐、绘画，对于美和艺术的敏感，他们有惊人的一致，而这一致，又让他们内心欢呼雀跃。他们不常见面，但每次见面都有说不完的话。

相爱的两个人无形中有许多相似之处。

每逢他要和她说一件重要的事，会这样起头："这件事我从未告诉别人。"她马上用手堵了他的嘴，嗔道："我不是别人。"

是的，她不是别人，她是他的爱人，他的知心密友，他的一辈子。

他告诉她，父亲是做国防研发的科学家。因为父亲工作需要，他从小跟着父母不断变换住处。每次和小伙伴们的别离都让年幼的他伤心不已，于是后来，他不再交朋友了，他把自己埋首于书和音乐中。十二岁那年，父亲给了他一把吉他，吉他成了他的情感寄托。然而，之后不久父亲因病长辞了。

"我没有归属感。"他说。

"什么是归属感？"她问，继而幽幽答道："人生而孤独。"

她告诉他，十岁那年，父母离婚，从此她再也没有见过父亲。连父亲这两个字，在家里都成了禁忌。

两颗孤独善感的心灵，在彼此的欣赏和懂得里找到了归属。

她爱上了他，爱得死去活来。

他们像普天下所有恋人一样，宠着、作着、虐着、幸福着。只有一样特别，他们的身体接触，止于牵手。

性与爱，哪个更重要？一场过早开启的性，或许会过早关闭两人的精神探索之门。而迟迟不来的性，却可以让两颗敏感丰富的心灵，努力贪婪地汲取对方的灵魂滋养，让彼此更加契合。

可是，它要是一直都不来呢？

一次月夜漫步中，沐浴着满天星辉，她忍不住主动吻了他。那个绵长香甜的吻，是她这辈子经历的最美的吻。然而，之后不久，他突然消失，辞去工作，回到老家，切断和她所有的联系。

她知道，他敏感而任性。曾经，她告诉他，她的生日收到别的男生的鲜花，她想让他吃醋，可没想到他的醋意那么大，他几天不理她，继而告诉她，他去相了亲，碰到一个不错的女孩子，让她气得快要吐血。从此她不敢再让他有丝毫起醋意的机会。

可是，他为何而别，不留只言片语？自己做错了吗？错在哪里？

爱情让人神采奕奕，自信迷人。可是，失恋，也让人痛彻心扉、生无可恋。

人生若只如初见，该有多好。

心灰意冷之际，她寄情工作，还有，她一直钟爱的绘画。爱情终归是不可把握的吧，而事业，却是你一辈子的依靠。

她考了注册会计师，从经理升到总助，又到分公司的财务部老大。绘画，也从初级进阶到高级。半年前，她认识了子阳，他们的感情平稳顺利。

她仿佛步入人生坦途，爱情、事业，皆顺风顺水。

此时，他又来做甚？

可是，她却如此渴望见到他。五年来深埋心底的思念，今日格外清晰。

她取下手上的戒指，放进包中。她急切地想要见到他，于是加快了脚步。

这条沿海栈道，简星熠来来回回踩了十几趟了。他们第一次约会，是从这里出发。今天的重聚，这里也是起点。

微咸的海风轻拂他的脸。他反复在想，为什么会是她，为什么偶然遇见的一个人，会改变他的一生。这是他的幸运还是命定的劫数？

自小，他就跟随在军队做科研的父母不断变换住处，他习惯了孤独。音乐是他最好的陪伴。自从十二岁那年父亲给了他一把吉他，吉他就是他最亲密的爱人。每天晚上他都会抚摸她，他熟悉她身上的每一根线条。他只是轻轻地撩拨，而她却奉献如此优美动人的音色。快乐或忧伤，他会弹奏不同的曲子。而更多时候，他心如止水，只是感到孤单。这时他喜欢弹奏深情的曲子，温柔如水的声音从优雅的琴身倾泻而出，在房间弥漫，渐渐将他绕缠。他想象那是一个美丽姑娘的怀抱。可是，他从来不敢奢望有这么一位姑娘，直到有一天。

第一次和她四目相对，他就有一种被惊到的感觉。他看到了一双温柔灵动的眼睛，一张生动精致而又舒展开朗的脸庞，如夏日里迎着阳光开放的百合花。落日余晖斜斜地照在她的脸上，给她白皙红润的脸颊镀上了一层金黄色的柔光。他一时竟看得呆了。而她，似乎也像惊呆了一样。

孤独到了深处，孤独就成了盔甲。他没有想到，这盔甲碰到她温柔的织网，瞬间瓦解。

和她并排走在一起的感觉太奇妙了，她一语不发，可他分明感受到她的气息像一张温柔的丝网，牢牢罩住了他，他想起了无数个寂清的夜晚，他弹奏的那些柔和的曲子和幻想中温暖的怀抱。

饭桌上，他懒得言语，只想好好地看她。她的头发快要及肩，不长也不短，一排疏朗有致的刘海，长长的弯眉，眉形很好看，但有的地方不是那么齐整。她没有文眉！他很少见到一个女孩子不文眉。自从公司有个女孩因为文眉文眼线偷偷旷工被老板骂了之后，他才知道这世上还有这么美的酷刑。他简直不能想象针扎在眉毛和那细嫩的眼皮上会是怎样惊心动魄。大志说他少见多怪，女孩子哪有不文眉不做眼线的。于是他在电梯里偷偷观察，发现十个女孩子有九个都文眉。

她的皮肤光洁细腻，可以看到自然的亮泽。她没有涂粉！公司里很多女孩子，天天顶着一张没有血色、只露出黑眼珠的大白脸，开始他觉得有点恐怖，后来也习以为常了。他觉得和这些大白脸之间天然就隔着一层屏障，除了工作上必要的交流，他从未想和她们说话。公司举办活动的时候，有女孩主动找他聊天，如果是一张大白脸，他的话就会少之又少，然后找个机会逃之夭夭。他宁愿见到一张长满雀斑却真实生动的脸，也不愿对着一堵厚厚的粉墙。

她的嘴唇丰满性感，涂着红红的唇膏，这让她在亲切大方之外又多了一份妩媚。她不笑的时候，嘴唇总是微微嘟起的样子，显得娇俏调皮。他看见她在夹菜之前拿纸巾轻轻擦拭了嘴唇，露出自然的红色。

他发现她也在看他，四目对接的时刻，他却没有移开目光。他有点得意地想：我看到底是谁先退却。

到底是她先移开了，她低下头吃菜。旁边的男生不知道和她说什么，她笑了，笑容灿烂，他竟起了微微的醋意。

后来大志说起喜欢的金庸小说的人物，她居然和他一样，而且她也那么爱读金大侠小说，他的心里掠过惊喜。当他猜对人名端着酒杯找她喝酒时，他看到她的眼睛亮晶晶的，似在探寻，又像在说话，他想挤挤眼表示心领神会，但又怕轻浮了，于是他点了点头。他看到她眼睛里的欣喜。

晚上在酒吧演出的时候，他特意找了朋友拍了几张他的照片。他要发给她，他想找她说话，他想告诉她，他的工作、生活和爱好，他的一切，除了那件隐秘的事。

美好的时光总是过得很快，加班也变得如此可爱。热聊了快一个月，是不是该约她见面呢？每个周末都问她有什么安排，却都没有约她。他不记得哪里看过一句话：一切不以见面为目的的撩都是耍流氓。前几个周末要么加班、要么公司团建、要么外地同学过来，这个周末，还有什么理由不见呢？再不见面，她会不会伤心而去呢？

正当他犹豫不决时，她发过来信息："周六新上大片，有个男生约我去看。"你还是男人吗？他骂了自己一句，迅速回复："我买好票了，正准备找你呢，有时间吗？"

他们第一次约会，就这样开启了。

该来的总会来的。从第一眼见她，他就知道自己踏上了一条不归路。这条路，只有往前，直至粉身碎骨，没有退路，然而，他愿意！冥冥中他一直在等待她的出现。

爱和死，永远一致。求爱的意志，也就是甘愿赴死。

她的一笑一颦、一举一动、一字一句，甚至一个微表情，都让他心神荡漾。他喜怒无常、患得患失。爱神总是使真心施爱者心怀惧怕。多少个夜晚，他辗转难眠。甜蜜和恐惧，忧伤和幸福，反复啃噬着他脆弱敏感的心。

认识她之后的三个月，他感冒了三次，她以为是他加班太多、工作太忙。只有他知道，这一切都是他心甘情愿而又躲不开的劫数。

也是在这条长长的栈道上，他有了初吻，也是和她唯一的一次吻。那是他最幸福的时刻，他差点晕厥。然而，他深知，美好的东西，不是每个人都可以拥有的。他终于决定离开。他可以想见她的痛苦和怨恨，但，他别无选择。

就像这一次，他回来，也别无选择一样。

突然，他的手机铃声响了，是他设置的闹铃，还有十分钟就到八点了，他要走回到地铁口与她见面。想起她如一泓碧水般深情的眼睛，羞涩甜美的表情，他笑了。他急切地想要见到她，于是加快了脚步。

三

八点整，孟雪赶到深圳湾地铁口，远远就看见一个身材修长的男子像树一样迎风而立。她深吸了一口气，他还是那么抢眼。

他朝她迎面走来。她一眼瞥见他穿的花衬衣，不禁笑道："你怎么穿件花衬衣？"衬衣是绵绸质地，暗色的大花，好像20世纪的衣服，这种衣服只在怀旧电影里出现。他从前都是穿格子衬衣或素色T恤。

他笑了："我以为这样会显得年轻，你喜欢年轻的嘛。"

他的笑容依旧晃眼睛，只是这一次，她有心痛的感觉。

"去！你本来就比我小。"她还是笑了，看到他，依然是开心的。

"你怎么一点都不老哇。"

"你都没老，我怎么能老嘛。"

久别后的重逢竟是这样一种轻松愉快的开始。

他们并肩走向海边的人行栈道。一会儿，他悄悄拉起了她的手，久违的熟悉和甜蜜涌上她的心头。五年前，也是在这里，他第一次牵了她的手。

他们牵着手缓缓而行。栈道上有踩着滑板一路飞驰的少年，有骑着双人自行车、喁喁私语的年轻情侣，还有带着孩子的妈妈，独自慢跑的中年大叔。她有多久没来这里了？五年了，自从他走了以后，她刻意不来这里。一切都没有变，这青石板的路，这咸咸的海风，这欢乐祥和的气氛，还有，身边这像树一样静默的男人。

他用低沉的嗓音，说起这几年的经历。离开深圳后，他回了老家西城，并没有马上找工作，而是休养生息、四处走走，在青山绿水里寻找宁静和慰藉。没多久大志便来找他，希望能一起合作，开发人工智能形象。他接受了邀请，和自己的母校西城大学人工智能实验室合作，组建了人工智能研发团队。

今年他们在人工智能模拟人类思维领域取得了重大突破。大志认为时机成熟，在深圳成立了公司，首期融资已经到位，写字楼也租了。他这个首席技术官，也需要带着研发团队回到深圳。

"好啊！"孟雪拍手称赞。"我一直相信你会在人工智能领域有所开创，不仅是天赋，毕竟，有几个人会从小学就开始捣鼓呢？"

"其实从娘胎就开始了，我父亲也喜欢研究这个。"简星熠咧嘴一笑。"不说我了，你呢？还玩剧本杀吗？"

"早就不玩了。"她故作轻松道，自从他走后，她屏蔽一切娱乐活动，发奋学习，努力工作，考了注册会计师，升职加薪，现在是分公司财务老大，有了自己的办公室。

"不错不错，我就知道你一定会过得好的。"他由衷赞道。

"情场失意，职场得意嘛。"她自嘲。

他不知如何接，两人一时无话。

他指着栈道一角的平台，柔声道："我们去那边看看吧。"她点点头，他拉着她的手走过去。他们倚着栏杆，眺望黑黝黝的海面和远处的点点灯火。黑暗的栏杆上，铺满一层霜雪般的月光。月将圆，光芒柔美，一颗颗星子闪亮。海浪阵阵，涛声依旧，往事并不如烟。

"当年你为什么离开？"她到底还是抛出了一直耿耿于怀的问题。

他低下头，盯着脚面，默不作声。良久，她听到他小得不能再小的声音："当时我有病。"

"什么病？为什么不告诉我？可以治啊。"

"不太好治。不过，现在已经好了。"他抬起头，眼神恳切，"对不起，你能原谅我吗？"

"我不是别人。"

他凝视着她，犹似当年，眼睛看进她的眼眸深处。"人生苦短，希望我们在一起的每一天都快乐。"

他说完，将她轻拥入怀。他靠在栏杆上面对着来往的人群，她踮起脚跟、仰起脸、闭上眼睛承接幸福的时刻。当他长而柔软的舌头触及她的舌头的那一瞬，一股强烈的电流迅速流遍她的全身，她感到近乎眩晕的甜蜜，那张巨大的温柔织网又将她紧紧罩住。周遭的一切仿佛都不存在了，只有这绵长厮缠的吻，这紧张跳动的心。

五年前，也是在这里，她主动吻了他，原先语无伦次、正襟危坐、试图做无谓挣扎的他，很快有了热烈的回应。那一刻，她感觉自己是世界上最幸福的人，因为你爱的人也正爱着你。这是多么奇妙的事！她永远忘不了彼此确认心意的一吻，那被庞大的幸福感砸晕的时刻。

他的吻，是她经历的最美的吻，从前没有，之后也没有，直至此时此刻。

他们的初吻，当她幸福得快要窒息的时候，他突然移开嘴唇，紧紧地抱住她，她分明感受到他怦怦跳动的心脏强烈敲打着她的胸口。她松开他，他马上用手托着头，大口大口地喘气，似要晕倒。她赶紧拉着他靠在栏杆上，用手轻拍他的胸部和背部，让他平复。

而这一次，他的气息平和均匀，虽然她依旧感受到他的激动和心跳，却没有粗重而急促的喘息声。

长长的一吻之后，他对着她的耳边温柔低语："可以去你那吗？"

她怔住了，曾经她是如此企盼，如今，却迟疑了。

"我妈在呢。"

"去我那吧？我今天刚回来，住酒店。"

"下次吧？十点了。"

"嗯。"他应道。

怕他尴尬，她又补充道："我妈过几天就走了。"

"我知道，你一直都是乖乖女。"

夜已深，他打车将她送回租住的房子，然后离开。

如果她知道这是她第一次也是唯——次有机会和他做爱，无论如何，她都会投入他的怀抱，去她家，或是去酒店，去世界上任何一个地方，无论多晚，无论别人的看法。

然而，此时此刻，她心乱如麻，甜蜜、茫然、惊慌、兴奋，千思万绪在心头缠绕，剪不断理还乱。她需要时间消化和梳理。

她在沙发上呆坐了许久。一切来得太突然，真实而又恍惚。为什么？为什么你不早点出现？为什么一别五年不给我任何音信？

子阳呢？子阳怎么办？

她从包里取出首饰盒，打开，是那枚闪亮的钻石戒指。她叹了口气，关上盒盖，放进抽屉里。

第二章

你微微笑着，并不同我说什么，而我觉得，为了这个，我已经等待得久了。

当我和拥挤的人群一同在路上走过时，我看见你从阳台上送过来的微笑，我歌着，忘却了所有的喧哗。

——泰戈尔《飞鸟集》

一

翌日清晨，子阳的问候如期而至。"亲爱的，起床了吗？"从前，收到他的问候，孟雪的心里都甜丝丝的。今天，她却微微感到不适。她淡淡回道："起来了。"

子阳说今天有个投资路演会要参加，不能陪她了。她忙说没事，自己也有绘画课要上。过了一会儿，她又小心翼翼道："明天可能不能陪你去见你父亲了。忘了一件事，周一要交一个重要报告，同事明天才能给我，我要修改后才能上交。"

那边沉默了一会儿，回道："没关系，我已经和父亲说了我们订婚，什么时候去都行。"

"好的。谢谢！"孟雪轻轻吐了一口气，同时又心怀愧意。

子阳对她总是那么体贴，可自己却什么也为他做不了。

子阳是孟老师大学同学张女士的儿子。孟雪早就听母亲说张女士有一个和她年龄相仿的儿子，特有出息。貌似母亲很想和张女士攀这门亲事，但张女士一直不置可否，孟雪也未放在心上。忽然有一天，母亲从北城赶到深圳，说要和张女士及其公子见面。孟雪觉得母亲此举纯属多余。双方先加微信聊，然后约见面，不就行了？有家长在，多尴尬。可是，她知道自己抗议无效，母亲这么多年包办干涉她的生活已成习惯。

那天的饭局却比预想的要好。孟雪已经做好了"沉默＋微笑"的应对策略。母亲没有想象中那么唠叨，在比自己强大的人面前，母亲变得谨言慎行，这又让孟雪颇不以为然了，于是她悄悄挑起一些话题。张女士的得意自豪一览无余，她一开始牢牢掌握着谈话的主动权，后来却渐渐让渡给了儿子。在儿子的语言和肢体释放的信号中，张女士明白了自己的位置和分寸。

整场戏，其实都是子阳在掌控。

他是那种别人家的孩子，优秀得无可挑剔。身材高而挺拔，五官端正，棱角分明，从小就是学霸，人生一路开挂。国内名校本科，美国名校硕士，毕业后在深圳一家大券商的直投公司工作，从投资经理做到投资总监。今年初，子阳回到震林集团，任集团战略投资部总经理，负责集团的对外投资业务。子阳的父亲陈震林，是本城知名房地产上市公司震林股份及其母公司震林集团的大股东、董事长。虽然是富二代，但子阳没有一点纨绔子弟的习气，为人谦和、做事踏实。虽然家族背景给了他工作上的优势，但打下这片江山，主要靠的还是他的努力。

子阳智商、情商皆高，他知道如何不动声色打压母亲的气焰，抬高孟雪的身价，给足孟老师面子。他不仅掌控着谈话节奏，还频频给所有人添茶夹菜，尤其是坐在他身边的孟雪。

第一次和子阳见面，孟雪就喜欢上了这个彬彬有礼的帅小伙。这种喜欢，其时还不是男女之间的喜欢，而是对彬彬有礼的男生的愿意亲近之感。

之后，子阳每天给孟雪发问候，或早上起床时或晚上临睡前。每到周末，只要他不出差，都会约孟雪，或吃饭或看电影或爬山。一个月后，他们牵手了；两个月后，他们接吻了；三个月后，他们做爱了。恋爱就这样有条不紊、不温不火地稳步推进。子阳的帅和暖，让孟雪欣喜和无法拒绝。热恋的新鲜感淡去之后，孟雪虽然依然喜欢子阳，但却感到有种说不清道不明的缺憾。子阳脾气太好了，他从未对孟雪大声说话，更不用说发脾气了。然而，孟雪也从未在他眼睛里看到像简星熠那样灼热的光亮。还有一点令她难以启齿的是，子阳只吻过她一次，之后再也没有吻过，即使是做爱时。

孟雪固执地认为，吻是爱的封印、爱的证明，是恋人最好的感情温度计。然而，每当她的红唇热烈地贴上，试图撬开那道门时，他总是悄然避开，代之以拥抱和亲吻脸颊。

她隐隐感到，他的心上也有一道门，里面是她不曾也不可能进入的领地。可是，这些又何以言说呢？如果说，和简星熠的恋爱是味道厚重的饕餮大餐，那和子阳的恋爱就是平庸厨师做的家常菜，不能说没有味道，可就是欠点火候；如果说和简星熠的恋爱是雷雨，那和子阳的恋爱就像一抹清风，舒适怡人，却又似不留痕迹。

也会有不甘心的时候。

她心里憋着一股气，就要找地方发泄。抓着他的一个不是，大发脾气，他马上赔笑脸，送花、送礼物，参加她的朋友聚会，出手大方，给足面子。方丽云说她太作，这么好的男孩子，还不好好把握。

也许，生活就是平平淡淡，爱情就是细水长流吧。疾风骤雨的爱情太短暂也太折磨人，它让你的激情如烟花般瞬间点亮，却也转瞬即逝，留下碎了一地的玻璃心，慢慢收拾。这种痛苦，她尝过，也不想再有了。她说服了自己接受子阳，接受平淡的爱情。然而，简星熠的到来，还是打破了她的自我安慰，或者说自欺欺人。她没想到，看到简星熠那一刻，她还是那么兴奋和快乐，当他吻她的时候，那种巨大的幸福感又如漩涡将她重重包围，让她激动得难以自持，一如他们初见。

可是，子阳呢，真的要离开他吗？他那么好，那么优秀，也那么无辜。而且，母亲对子阳是一百个满意，比她自己还要上心婚事，又该如何说服母亲呢？

正想着，母亲的电话来了，孟雪不情愿地按下通话键，手机里马上传来母亲熟悉的大嗓门，她赶紧打开免提，把手机放得远远的。

"子阳向你求婚了？你答应了吧。"

"您不去当间谍真可惜了。"孟雪撇嘴道。

"别讲些没用的，是不是答应了。"

"是，你满意了吧。"

"难道你有什么不满意吗？我看你就知道整天画画，是不是脑子画出毛病来了。"

孟雪懒得回应，只听母亲又高声道："我下周末过来，和子阳妈讨论一下婚礼细节。"

"别！您别着急行吗，这才是订婚，子阳都说了不用那么快结婚的。"

"快什么快，都拍拖半年了，你张阿姨早催着结婚了。"

"喂，是认识半年，不是拍拖半年。"孟雪话音未落，那边已经是嘟嘟的收线声。

孟雪心下烦躁，她环顾房间，看到书柜上的画册，想起今天还有绘画课，她拿起墙上的背包出了门。

无聊或是烦闷，孤单或是忧伤，她都会来到这里。轻轻推开门，喧嚣嘈杂的世界就被留在身后了。她来这里学画画已经五年了。

"晚禾画室"，第一次听到这个名字，她就有种说不出的熟悉和亲切，于是毫不犹豫地报了名，后来才知道，晚禾画室是本城最有名、规模最大的成人绘画学习中心。

不同于一般画室只教学生临摹，晚禾画室有自由创作学习班，只是能进入这一阶段学习的学生极少。首先，他要通过前面低阶和高阶的临摹，其次，要提交自己的原创作品。晚禾画室的老板本城知名画家沈梦石先生，会根据学员的功底和天赋，亲自选拔、亲自教授。所以，晚禾画室自由创作班的学员名额极少，但能学成毕业的学员，就不仅仅是业余画手了，大多数能成功转行至绘画领域，有的甚至能在圈内获得较高知名度和较大认可。

从小孟雪就喜欢画画，对色彩和图案极为敏感，小学中学时最喜欢的课程也是美术，高中时还曾想过报考美院。母亲知道她的志向后，无数次劝导，说生存是首要，其次才是艺术。母亲以大学教授的身份，居高临下、高屋建瓴地分析了毕业生的就业问题。她说女孩子，学财务最好。坐办公室，凭本事吃饭，不用求人，不用出去喝酒应酬。而绘画，是不能当饭吃的，只能是甜点，不可能是正餐。业余时间可以写写画画，但必须要有一技傍身。

自从父亲在她十岁那年离开后，母亲的脾气更加乖戾了，她不敢忤逆。她顺从了母亲的意志，报考了大学的财务专业，成为一个靠技术自食其力的人。然而她从未忘记绘画，她从未忘记绘画带给她的安宁和恣肆，离开浮世喧嚣，尽情挥洒心中的情思、意念、想象，这是多么幸福的事情。

绘画是她心灵的港湾，也是她幸福的秘密花园。不仅让她的业余生活充实愉快，也让她枯燥的办公室时间不那么难挨。她给办公室的每一样物品都起了名字，想象着它们是彼此守护还是互相防备或是各自耍心机。她还偷偷给每位同事取了动物名称，她想象写字楼是一座森林，里面的人物或者说动物，既要遵守丛林法则，又想活出自我，这里面定会发生许多有趣的故事。她用画笔，将这些想象的故事表达出来。

幻想，是生活的一部分，也是工作的一部分。如果没有幻想，她无法想象自己能否撑下每天单调乏味的八小时。

幻想，是任何艺术的起点，因为艺术是从无到有的创造。艺术离不开幻想。

她已走过临摹写生的学习阶段，目前在画室的最高学习阶段：自由创作。不同于多数学员在自由创作阶段走学院派道路，画自然风光、人物肖像，她喜欢用绘画讲故事。这一期，她用绘画展现了办公室的丛林法则，办公室里的各色人等，都戴着不同的动物面具，有老虎、狐狸、山羊、猴子、松鼠，他们有着不同的动作和表情，却也彼此勾连。

沈老师评定这幅画为本期最佳。课后，他让孟雪留下来。

沈老师，也就是沈梦石先生，是一位面容清癯、眉目安详的五十多岁的男人，穿着麻质的灰白色唐装，颇有仙风道骨之感。

"你在晚禾上了五年课了，虽然基础班不是我教的，但我也是看着你一步步成长的。你有没有想过参加绘画比赛？"

"我？我的水平还差得远吧。"

"若论专业功底，还须磨炼。不过，你的灵气和天赋，也是超群的。最近绘本协会有个比赛，晚禾画室是协办方，我本人也是评委之一，希望你能参加。你今天画的这幅《办公室的秘密》，很有创意。"

沈老师说完，又拿起孟雪的画稿细细端详，说道："像，真有点像。"

"您说像什么？"

"风格，有点像杨立峰年轻时候的作品。"

她的脸微微一红，轻声道："杨老师的作品，我喜欢。"

"好好准备吧，不要辜负了你的艺术天赋。"沈老师鼓励道。

"谢谢沈老师提点。我也在想，多数绘本故事都是为儿童写的，写字楼的白领是不是也需要自己的故事呢？他们也有自己的苦恼、忧伤和幻想。"

"是的，这个题材很有意思，大多数绘本画家都是职业的，失去了对都市白领工作状态的细致体验，而你，虽然一直在企业做财务，却还葆有一颗艺术之心，实在难得。"

"谢谢老师夸奖，我回去好好琢磨一下，我会参加比赛的。"孟雪感激道，心里也掠过一丝疑惑：我对老师说了做财务吗？每次上课她都是悄悄地来，静静地走，除了课上和老师交流，鲜有和老师及其他学员私下交流。

不过，她很高兴听到老师对自己的肯定，不管能否获奖，有机会展示作品，分享自己的创作，总是令人愉悦的。

离开画室，那个安和静好的世界就被留在门内了。月凉风清，她走在城市的街头，思绪纷繁。昨天晚上，她还和简星熠柔情缱绻。此刻，他在做什么呢？她拿出手机，说了一句"你在干吗呢？"，又轻轻摇了摇头，将它删掉。

她想起了方丽云，或许可以找她？她给方丽云发了消息，问她明天是否有空，有点事想和她说。方丽云很快回了，说实在抱歉，明天有安排了，却并没有问她什么事。孟雪顿感失落，她在心里自嘲，你还找她，她什么时候听你诉说过呢？

二

七年前，孟雪和方丽云在李大志组的"狼人杀"牌局上认识，那是他们三人第一次见面。方丽云比孟雪小一岁，一头乌黑发亮的长发，大大的眼睛忽闪忽闪的，似会说话，圆圆的脸盘，粉嫩的皮肤，连孟雪看到都禁不住想亲一下她的脸颊。牌局上几个男生都不自觉地向方丽云献殷勤，连需要保持中立的组局者李大志，也偷偷瞄了她几眼。

方丽云热情，主动加了所有人微信，包括孟雪。之后她们有过几次互动，但并无深交。大约一年后，方丽云突然主动找孟雪，说她有两张票，邀她一起看话剧。孟雪虽微感诧异，但朋友的好意不能辜负了，何况这出话剧也是她心仪的。再次见到丽云，孟雪惊讶地发现，她的一头漂亮的长发没了，代之以活泼精干的短发。

看到孟雪遗憾的眼神，丽云耸耸肩，自嘲道："剪去三千烦恼丝，从头开始。"看完话剧后，孟雪提出请吃夜宵。在夜晚路边的烧烤摊，她们大块吃肉、大口喝酒。丽云喝着喝着，突然哭了，说她失恋了。孟雪问他是谁，她不说；问她为什么失恋，她也不说。一个人流着泪怔了半天，突然抓起啤酒瓶，灌了一大口，然后把瓶子往桌上"砰"地一放，豪情万丈地说："我甩的他。"

"你甩的他，那是他失恋啊，你为什么这么伤心？"孟雪不知道该如何安慰。

"因为我喜欢他，可是我又不得不离开他。"

"为什么呀？"

"鱼和熊掌不可兼得。他太穷了，和他在一起我看不到未来。"

"两个人在一起可以创造未来啊！"

"怎么创造？天上掉馅饼？本来还有一丝希望的，也被他毁了。"方丽云一脸恨恨的表情。

"你比我好多了。"孟雪也抓起一瓶啤酒，仰天对着瓶口猛灌："我也失恋了，被甩的。"

彼时，孟雪谈了两年恋爱的男友去美国深造了，虽然之前已有预兆，但当他真的离去时，她还是感到切肤之痛。虽然已经过去了半年，但想起来依然心痛，而今夜，她终于有了彻底宣泄的机会。

因为各自谈论失恋和对男人的见解，两人的关系迅速推进了。

女人之间是因为分享闺中之事而成为好朋友的。女人之间若只是讨论工作或者高雅的志趣，而不谈及自己的私生活，是成不了好朋友的。所谓闺蜜，就是分享闺中之事的好友，而闺中之事，多半是男人和爱情了。

两个失恋失意的妙龄女郎，旁若无人地喝酒吃肉，时而哈哈大笑，时而缄默不语，时而又双泪长流，还好，这是在深圳，没有人对他们侧目，这个城市的人，谁没有故事呢？

多少年后，孟雪仍然清晰记得那个惬意放纵的夜晚，深秋的深圳，舒服得让人战栗，穿一件薄衫，沐浴着柔柔的夜风。热闹欢乐的人群，溢着奶白色泡沫的金黄啤酒，流着卤汁、飘着香味的烤肉，一幅热气腾腾的俗世烟火图。而抬头仰望夜空，暗蓝的天幕，竟然安详地躺着一轮又白又大的圆月。一时间，孟雪有些恍惚，这一切美的都不像是真的。

因为有了这个夜晚的记忆，虽然后来她们之间有了嫌隙，但在孟雪的心里，她永远记得这一夜的美好和这一刻真实的她们。

之后，她们频繁互动，约饭、逛街，参加讲座、聚会等活动。两人的"蜜月期"维持了大半年。后来丽云谈了男朋友，很少和孟雪一起活动了。丽云从来不提男友是谁，只说男友对她如何好，这样她们的谈话就有点索然无味、难以为继了。后来，孟雪和简星熠初识，坠入爱河，她第一时间想着向丽云汇报，分享自己的快乐。丽云在电话里表示了祝福，但孟雪能感受到语气的敷衍和隔着电话都能听到的呵欠。孟雪约她见面，她却总说没时间。三个月后，简星熠突然离开，孟雪痛不欲生。她打电话给丽云，丽云在电话那头兴奋地说自己要结婚了，希望孟雪参加她的婚礼，吧啦吧啦说了一大串，末了问一句："你打电话找我有事吗？""没什么事。"孟雪说完挂了电话，也没有参加丽云的婚礼。

后来，孟雪从丽云的朋友圈里看到了她幸福的阔太生活，今天去巴黎看时装秀，明天去芬兰看极光，后天去南极洲陪企鹅宝宝。每次拍照，必是不同的衣服，不同的包包，包包有时只露出一角，但能让你清晰看到标志。她终于有钱买真名牌了，孟雪在心里感叹。丽云之前一直在网店买仿真度极高的假名牌，对有钱人的生活也时时流露钦羡。以丽云的美貌、聪明，还有心机，孟雪知道，终有一天，她会过上自己想要的生活。这无可厚非，每个人都在追求自己理想的生活。孟雪并不羡慕，更不会嫉妒，因为，这并不是她想要的生活。

一段时间的晒旅游之后，丽云开始晒娃了；一段时间的晒娃之后，丽云的朋友圈沉寂了。沉寂了一段时间后，她来找孟雪了。

其实孟雪并不想理她，但架不住她左一个亲爱的，右一个好姐姐，还是答应了她的见面。反正单身狗一枚，闲着也是闲着，就当听故事好了。果然，丽云又曝猛料了，她要离婚。

丽云又剪短发了，孟雪之前在朋友圈里看到她留的是长发，丽云的头发长度随着她境遇的变化而变化。

长发的她，娇俏妩媚；短发的她，凌厉决绝。

丽云请孟雪在本城最有名的海鲜酒楼吃饭，要了一个包房，点了一桌海鲜，什么贵点什么。她说，下周就不能再刷他的卡了，这周要刷爆。

"明明是个暴发户，还以为自己是大户人家，一堆破规矩。老太婆把自己当皇太后了，变着法子整我。明明家里有保姆，还要我早上给她做早餐。每天都不能出门，必须在家带孩子。有一次趁老太婆不在家溜出去，还被保姆告状，回来挨骂。我在家里连保姆的地位都不如。"丽云恨恨道。

"你不是经常出去旅游吗？怎么就没有人身自由？"

"唉，那是生孩子之前。而且，也就出去了一次，还是蜜月旅行。"在孟雪面前，丽云不想再装了。

"那你老公呢？你可以和他说呀。"

"因为娶我，他差点和家里人闹翻。容我进门，已是他父母对他的最大恩典了，他又怎么敢在结婚之后继续对抗父母呢？毕竟，他还要仰仗父母的财富过日子呢。"丽云说完，点燃了一只细长小巧的女士烟，娴熟地吞云吐雾。

"他趁着我怀孕，在外面勾三搭四，就差把小三带进家门了，老太婆都不闻不问。"

"你和他结婚之前，想过会出现今天的局面吗？"

"我做任何事情，绝不后悔。"丽云掐灭了烟头，"我知道他只是一个靠父母生活的富二代，我也知道他的父母不喜欢我，我只不过没想到他们这么，这么……"她停了一下，瞪着眼睛咬牙切齿道："恶俗，恶心。"她抓起红酒杯一饮而尽，"要打败我，没那么容易，至少，我有儿子。"

"来，孟雪，我们干一杯！还记得几年前那个夜晚，我们看完话剧，在路边吃烧烤吗？虽然失恋了，可那个时候多单纯。"

孟雪也举起酒杯，看着眼前已为人妻人母却恶狠狠地咒骂夫家的妇人，真的是曾经那个因为失恋而忧伤哭泣的小姑娘吗？时间，真是一个调皮的孩子，竟做着让自己高兴却让人无可奈何的事。

丽云又说了很多夫家的狗血故事，在絮叨完自己的事后，她问起孟雪的感情状况。当时孟雪刚认识子阳不久。丽云仔细询问了子阳的姓名、年龄和家庭背景后啧啧赞叹："孟雪，你真是幸运。我费了那么大劲搞定一个不靠谱的富二代，你轻轻松松赢得一个优秀富二代。"她注视着孟雪，"可能他们喜欢的就是你这种类型。"

"哪种类型？"

"人畜无害，傻白甜哪。"丽云说完哈哈大笑。

"我才不是。"孟雪撇撇嘴，她不想多解释。有的人，和你不在同一层面，你又何须她的理解？有的人，一辈子也不会走进你的内心。

那一晚，她们聊了很多，也喝了很多。两个女人，因为酒，因为谈论爱情、男人，又拉进了距离。喝到最后，丽云失声痛哭，她抓住孟雪的手，说孟雪是她唯一的朋友，这两年虽然和孟雪联系少了，但心里一直惦记着她，她说孟雪是多好的一个女孩，能做她的朋友是她的福气。也许在这个孤独艰难的时刻，孟雪是她唯一可以仰仗的精神安慰了。

孟雪也不由为之动容，她又重新接纳了丽云。

之后，孟雪时常从丽云那里听到最新战况。丽云偷偷带着儿子搬出来住了，丽云请了律师打官司，丽云成功离婚，儿子归夫家，丽云分得八位数的财产和一套房。而孟雪和子阳稳步进展的恋情也时常得到丽云的夸赞和艳羡。在丽云的多次提议下，孟雪带子阳参加了几次小范围活动，有认识的朋友聚会，也有外面的社团活动。丽云认识子阳后，说要跟着他学投资，并且买了子阳公司旗下发行的私募基金产品。丽云手握重金，自然受到众多证券公司、投资公司的欢迎，她频频出席于各类投资讲座、路演活动中，以自由投资人的身份开启了离婚后新的人生。

孟雪不知道，就在今天，一出好戏刚刚上演完毕，与她关系密切的几个朋友都已出演，而主角是方丽云。

上午十点，星志人工智能公司的路演，正在科技公司云集的科技园的云锦大厦举行。

星志首席执行官李大志介绍了公司的发展历程、未来展望和融资需求，谈到公司为什么能在五年内做出模拟人类思维的人工智能，他说要归功于公司的首席技术官，年轻的技术天才——简星熠。他在西城带领研发团队夜以继日地奋战，没有他，就没有公司。李大志提到简星熠的时候，他从第一排站起来，转向身后，微微点头，微卷的略带黄色的短发，宝蓝色的素色T恤，浅蓝色的牛仔裤，干净利落中透着不羁和矜持。

台下后排，坐着身穿白衬衣黑西裤的陈子阳，他的旁边是着紧身V领连衣裙的方丽云。陈子阳听得很专注，时不时在本子上做记录。而方丽云，听了十几分钟后，便有点坐不住了，她频频把头转向子阳，凑近他的耳朵小声说话。子阳却不搭话，连脑袋都没有稍稍侧一下。方丽云自觉无趣，开始低头刷手机。

李大志介绍完之后，是简星熠演示产品。投影仪上出现了李大志的3D形象，微笑、招手、打拳、跳舞，会场的气氛一下子活跃了，一双双好奇的眼睛紧盯着屏幕。

"这款人工智能名为'长相思'，顾名思义，它的功能为陪伴，'长相思'不仅形象、声音和真人酷似，才艺方面甚至超过真人。除了陪聊，它还可以为你唱歌、跳舞、弹琴、朗诵等。行为模式方面，我们可以自定义。比如，如果你木讷、不善言辞，你可以选择幽默开朗弥补不足，你还可以选择忧郁闷骚、温柔体贴、霸道宠溺等，或者两种结合。我们有 10 种行为模式可以选择，而其中任意两个又可以互相组合，这样就有 45 种，加上单独的 10 种，有 55 种模式可以选择。目前还不能让三种组合，否则会乱了套，不说人话。"

台下一片笑声。众人变得兴奋，有的啧啧赞叹，有的侧头凝思，有的开始交头接耳。

"我们的大脑是由记忆组成的，而我们的记忆又在不断改造着大脑。未来 2.0 版本的'长相思'将会拥有记忆。这种记忆不是片段似的信息，而是对 个系统的改变，导致该系统以后的运行方式发生变化。它将从记忆中学习，新的记忆又会不断地激活系统内部不同部分之间的连接，记忆就是系统本身。没有记忆就没有情感。有了记忆和学习、记忆的能力，人工智能才有产生情感的基础。"

台下一片掌声。

这确实是一个令人兴奋的、划时代的突破。简星熠讲完后，进入投资人提问环节。陈子阳率先举手。

"研究人工智能的团队不计其数，其中研究记忆领域的也很多，您是如何突破困局的？"

"任何事物的探究最后都会上升到哲学层面，人工智能也不例外。我从大学时就开始思考这个问题，正如物理世界可能存在因果链条，智能世界或许也存在复杂而统一的体系。大象无形，也许我们之前的很多研究只是盲人摸象，正如记忆并不储存在大脑任何地方，而记忆就是大脑本身。人工智能不只是逻辑、算法，也不只是神经元、任务链，它是物理与生物混合的复杂而统一的系统。"

投资人发问踊跃，简星熠一一从容作答。

问答环节结束之后，是自由交流时间。众人被引领进入另一个大房间，这里已经摆上了酒水、点心和其他餐食。大家可以边吃边谈，气氛轻松。

"你觉得这个首席技术官怎么样？"方丽云端起两杯红酒，递了一杯给陈子阳。

"非常棒！这个项目的关键是首席技术官。如果真的如他所言，人工智能将拥有人类的记忆和学习能力，即使只是触及皮毛，也足够令人振奋了。模拟人类的思维，是人工智能的终极目标，目前还没有同类型的公司哪怕能触及一点点。所以我可能要大手笔投了。"说起人工智能，陈子阳大有滔滔不绝之势，显然，在这方面，他已做了深入的研究。

"我是问这个人，你觉得怎样？"

"不错啊！有思想有智慧，原先以为只是一个天才程序员，其实远不止于此。"

"你喜欢他吗？"方丽云突然一脸坏笑。

"我为什么要喜欢他，我又不是弯的。"陈子阳有点摸不着头脑。

方丽云扑哧一声笑了，用涂着鲜红指甲油的纤纤小指轻点陈子阳的胳膊，"我是说作为一个男人，你是不是欣赏他。如果你是一个女人，你会爱上他吗？"她眯起眼睛，半是调侃半是认真。

"作为男人，我当然欣赏他。如果我是女人嘛，我想也可能会爱上他。"

"是啊，他那样的男人，哪个女人会不爱呢？那么神秘独特的气质，天生自带孤独，还有绝顶聪明。"方丽云喝完了杯中的酒。

"你认识他？"

"我是第一次见到真人，但从某人的嘴里曾经无数次听到他的名字。"

"谁？孟雪？"陈子阳不动声色问道。

"是啊，就是你心心念念的人儿。"方丽云凑近了他，用纤纤手指戳着他的胸口。

"他以前为什么离开深圳，因为创业？"

"你觉得他那种人会为了所谓的事业去西城吗？肯定是因为孟雪，具体原因我也不清楚。"方丽云说完，从包里拿出两张票，对兀自沉思的陈子阳说："哎，别想了，他们都是过去时了，孟雪现在是你的。我这有两张下周六的话剧票，是孟雪最喜欢的林导的戏，一票难求哦。"

方丽云将票塞到陈子阳手里，将酒杯放下，又拿起一杯，袅袅娜娜地走了，她还有别的任务，哪能在一个人身上停留太久呢。

在房间的另一侧，李大志和简星熠正被一群投资人围在中间，谈着新产品应用场景。李大志抬眼看到正往这边走的方丽云，脸一沉，轻轻拍了拍简星熠的肩膀："我先走开一会儿。"他悄悄从人群中侧身离开，走近方丽云，冷冷道："什么风把马太太给吹来了。"

"我早就不是马太太了。"方丽云白了他一眼。

"也就是最近的事吧，恭喜方女士重获自由，分得亿万财产。"

"李大志！你怎么还这么油腔滑调的。"方丽云举起拳头，作势欲打。李大志连忙躲开，随后急急走到角落，方丽云也跟过来。"我今天来听路演，是想投资你们公司，我很看好你们。"

"非常感谢方女士抬举。本次融资不接受500万以下的个人投资者，如您需投资500万以上，请和我们的融资总监联系。"李大志依然沉着脸，仿佛要掏钱的是他而不是方丽云。

"李大志，别以为我欠你的，是你欠我的！"方丽云盯着他，眼光在他的脸上巡视，仿佛他的脸上藏着她一直寻找的东西。"你忘了当年我借给你的10万元？那可是我的全部积蓄。"

李大志瞥了她一眼，随即将淡漠的眼神投向窗外。"当我四处躲债的时候，你在马尔代夫举行世纪大婚。"他停了一下，又沉声道："我一直记得你的借款，后来我也双倍奉还了，我们两不相欠。"他依然望着窗外，"欢迎你投资我们公司，我现在很忙，如果没有别的事，我要走了。"

"有些技术问题，我想请教一下首席技术官。你能让他过来一下吗？"

"你可以直接过去找他。"李大志说完，转身头也不回地走了。他的身边很快又聚集了几个投资人。

李大志和投资人说着话，眼光却时时越过人群，投向方丽云。他看见方丽云走向简星熠，又看着他们俩走到房间另一侧，背对着他。过了一会儿，简星熠就和她分开了。

希望她不会出什么幺蛾子，他在心里说。简星熠现在是他和整个公司的重点保护对象，他不希望有任何事情影响他。

三

"铛——铛——"，深圳演出中心的剧场，离话剧《爱情生死劫》的开演还有十分钟，观众正在加快入场。

孟雪坐在第五排的中间位置闭目养神，她左手边的陈子阳正在低头刷手机。两人各忙各的状态，颇似一对老夫老妻。

"对不起，让一下。"孟雪睁开眼睛，一对男女贴着她的膝盖，从她身前挤过，坐在她右手边的位置。她闻到一股淡淡的好闻的香水味。真是闻香识女人，她好奇地朝旁边的女士看了一眼，正巧对方也朝她这边看过来。她约莫三十五六岁年龄，短发，长而弯的柳叶眉，微微上翘的杏眼，显得既妖媚生动又峭拔冷峻。四目相对的一瞬，她的眼神里竟流露些许敌意和警觉，孟雪的心里一惊。

在哪里见过她吗？她在记忆里苦苦搜索，好像并没有。她又忍不住看了她一眼，没想到再次和她的视线相撞。孟雪尴尬地赶紧移开目光，望着前方。可是，她觉得耳根子热热的，她感到对方的目光正在朝她的脸扫射。她有些不自在，扭动了一下身子，准备和旁边的子阳随便说几句话。她的眼光转向子阳，没想到他也正朝她这边看，四目相接的一瞬，子阳的眼光"嗖"的一下收回，像刚拉开的弓，箭在弦上却硬生生给撤回

044

了。他的眼神很奇怪，尴尬中透着惊惧。孟雪心里又是一惊。

"你怎么了？"孟雪凑近他，轻轻抓着他的胳膊，关切地问道。

"没，没什么。"子阳慌忙把她的手推开，拿起演出宣传资料，当扇子扇风。他的脸涨得通红，细密的汗珠正在往下掉。

"你出汗了，擦擦吧。"孟雪递给他一张纸巾。

子阳接过纸巾，在脸上胡乱地擦拭着。这时候灯灭了，他轻轻吁了口气。

开演几分钟了，孟雪很想沉浸在故事里，可是，她却总觉得不自在。虽然她一动不动地坐着，目视前方，可她分明感到两边的脸颊火辣辣的，身旁两侧的眼光像箭一样在她脸上来回扫射。她很想用自己的目光将那些箭折断，可是她不敢，她害怕接过那些或敌意或惊惧的眼神后，自己先败下阵来。

就这么熬着，大气不敢出，台词听的有一搭没一搭的。突然，子阳起身离座，并没有和她打招呼。她看着他在黑暗中猫着腰，一步一步走向出口。

她轻轻吁了口气，开始专心看演出。

子阳一直没有回来。

散场后，旁边的女士挽着和她一起进来的中年男士离场。孟雪怔怔地盯着他们的背影。

半晌，她回过神来，准备离场，转头突然瞥见后面几排有一个高大的身形，是简星熠！他苍白的面孔微微泛青，失神的眼睛和她的目光对接后，有了一丝光亮。他从嘴角挤出一丝笑容，微微点头。她忙回以尴尬的微笑。

上周六子阳告诉她有《爱情生死劫》的演出票，她答应了，这是她一直想看的话剧。后来她又收到简星熠的信息，问她周六晚上是否有空，她说有安排了，有个大学同学从外地过来要聚一下。

走出剧场，两人默默并排走着，神秘而熟悉的气息仿佛又将她重重裹住。不多远，路边有一间咖啡屋，他们对视一眼，又默默抬脚迈入。落座，两人低着头，依然无话。突然，他们不约而同地抬头，同时说了一句："对不起。"听到对方同样的话语，他们禁不住笑了。"你先说。"再次异口同声。他们又笑了，这次都笑出了声，尴尬气氛也在这笑声中倏然瓦解。

"我先说吧。"她轻声道。"对不起，我不该对你撒谎。"

"对不起的是我，我为那天晚上的鲁莽行为道歉。我早该料到，这么好的女孩子，身边怎么会没有男友呢？"

她不作声，低着头拼命吸着饮料。

"他很优秀，我在公司的路演会上见过他。你们很般配。"

"他也许并不爱我。"她依然垂着眼，盯着自己的手指尖。

"是吗？合适比爱更重要，不是吗？爱让人痛苦，合适让人舒服。"虽是淡淡的语气，可是她却感受到他目光灼灼，亮得她不敢抬眼。

她鼓起勇气迎接他灼热的目光："没有爱的感情走不远，给我一点时间。"

"不论你如何决定，我都支持你。"他的眼神平静安然，却给她一种力量。

他问起她的近况，她说她的绘画作品得到老师的认可，并鼓励她参加绘本比赛。他比她还要开心，"我早看出你有绘画天赋，之前说你还不信，以为我只是夸你。"她羞涩道："天赋或许有一点点，不过不是主要的。"她说自己一直未曾放下画笔，而这几年除了工作，业余时间更是全部用来画画了。提起画笔，就如入定般，几个小时出不来。有一次，为了创作一幅画，她从晚上开始构思、构图，到勾勒、着色，几个小时过去了，她却浑然不觉，及至东方渐白，她才发现背上早已湿透。

他说，他也有这样的时刻。有一次，为了研究几组数据关系，他像着了魔似的反复测算，两天两夜没睡，人却出奇的精神，只是肚子特别容易饿，要不停地吃东西。

科学和艺术一样，都需要"痴"。"痴"源于单纯、好奇和对自我的诚实。

人无痴则无情。

夜一寸寸深了，他与她并肩走出咖啡馆，在午夜的街头信步。灯影寥寥，月色柔美，这是生命中难得的有良人陪伴的良夜。

只是，这一次，他们没有再牵手。

他照例打车送她到出租屋的楼下，她下车后一次次回头，他都杵在原地。她进了房间，开了灯，从窗边往外看，他孤单静默的身影依然伫立。她朝他挥了挥手，他也挥手回应。他转身离开，灯下是他长长的黑色的身影。她凝视着他的背影，拉短、变薄，直至完全消失。她转身掩上窗帘，眼中饱含热泪。

次日，孟雪去高铁站接母亲，孟老师一见到她就问："子阳呢？他怎么没来。"

"他出差了。"

"听子阳妈说，他向你求婚了？订婚戒指给我看看。"

孟老师拉过女儿的手，"怎么不戴戒指？"

"这不是怕给碰坏了嘛，再说，戴着也不方便干活呀。"

"你干啥活了，回家给我看看。"

"妈，戒指放办公室保险柜了，正好那天在公司干活有点不方便，就放保险柜了。"

"上班记得拿回来让我瞧瞧。"孟老师一脸的不含糊。

孟雪悄悄吐了吐舌头，老妈可真难对付。

孟老师回到家中，说要和子阳妈联系，哪天两家人见面，商量一下婚礼细节。

"妈，子阳说了，这只是订婚，结婚不着急。子阳出差了，工作挺忙的，您就别添乱了。明天我带你出去转转，最近几个月深圳的变化可大了。"

"我给你看个电影放松一下。"孟雪打开电视，找到电影《恋恋笔记本》播放，年近花甲的孟老师，看得一把鼻涕一把泪的。电影放完后，孟雪给母亲切好西瓜，开始了诱敌深入似的谈话。

"妈，你觉得电影好看吗？我觉得好假哦。"孟雪递给母亲一片西瓜，漫不经心道。

"怎么假了，挺好看的。"孟老师的眼泪还没有干。

"女主放着这么好的金龟婿不要，偏要嫁给一个穷小子。她未婚夫多帅呀，又多金，还那么爱她。"

"这就是爱情的力量。"孟老师突然叹了一口气，放下了手中的西瓜。"当年，我也是这样嫁给他的，家里人都不同意。"

"外婆是不是也像电影中女主的妈一样，极力反对呀。"

"是啊。他毕业后只是整日闭门作画，穷困潦倒，家里也没钱没势。"

"妈，你真伟大！我好自豪，有这样勇敢的至情至性的妈妈。"孟雪极尽谄媚之能事。

"今天怎么啦，嘴巴抹了蜜了？又有什么好事？"孟老师特意在"好"字上加重了语气。

孟雪贴上去，搂着孟老师的胳膊，轻轻地摇晃。"有伟大的妈妈，必须有伟大的女儿嘛。我像你，这可是没办法的事哦。"

"你什么意思？你和子阳不是好好的吗？"孟老师推开女儿，一脸惊诧。

"如果有一天，电影里的故事发生在我身上呢？当然啦，这个男主也很优秀。你看你女儿，这么多好男孩追。你这丈母娘，可有的挑了。"孟雪故作轻松地一口气说完，小心脏兀自剧烈地跳动，她知道接下来将有一场狂风暴雨。

果然，孟老师马上就炸了："你说什么？你要和子阳分手？你喜欢那个男孩，为什么和子阳谈。"

"他之前离开了五年，最近才回来。"

"他为什么离开你？这五年都没有和你联系？如果真的爱你，能五年不见面、不联系？现在又不是战争年代。"孟老师追问道，嗓音高亢急促，如密集有力的鼓点。

"他离开和不联系都是有原因的。"孟雪低声道，神色黯然。

"什么原因？"

"他有他的苦衷。"

"好，不说他的过去了。他现在做什么的？"

"他是一家人工智能公司的首席技术官。"

"创业公司对不对，这种公司一抓一大把，搞不了几年就关门，能不被人追债就阿弥陀佛了。"

"妈！你不要这么悲观嘛。未来总是会超出我们预期的。"

"你就是太乐观，所以一直不着四六。请问，他有钱买房吗？你都三十二了，难道还要跟一个穷小子挤一辈子出租屋？"

"住出租屋挺好呀，而且，我们将来也可以买房啊。"

"别做梦了！你没和子阳说吧。"

"说了。"

"你，你要把我气死啊！养了你三十多年，你就这样对我！哎哟，我的心脏病要犯了，药呢？"孟老师捂着胸口，恨恨道。

"药在这呢。"孟雪赶紧递上水和药。她早就料到母亲会有这一出。当年的母亲，一定是漂亮又优雅的，父亲画的母亲的肖像，一直留在她的记忆中。可如今，她为什么时时做泼妇状呢？真的像父亲说的：未婚的女子和已婚的女人，是两个不同物种吗？我以后结婚了也绝不会这样，她在心里暗暗说。

孟老师服下药，孟雪赶紧给她捶背，又轻声道："当年你不是冲破重重阻力嫁给爱情了吗？为什么如今要阻挠你的女儿呢?"

"因为那是一个死胡同。"孟老师长叹一声,眼神空洞地注视着前方。"婚姻不需要爱情,婚姻只要合适就好了。两个人越爱,就越在乎对方,伤害也越多。"

她回头看了一眼女儿,正色道:"我绝不允许你走我的老路。"

孟雪放下捶背的手,心一横,咬牙道:"这么多年,我一直努力迎合你,做我不喜欢但是你想让我做的事。我的专业,我的工作,都是拜你所赐。可是,我的爱情,我要自己做主。"

"你,你居然说出这种话!太没良心了。我这不都是为了你好吗?你现在过得不好吗?你以为你学了画画,就能养活自己?"母亲愤然道。

"他不是过得挺好吗?"

"那也是他后来学了建筑设计当了建筑师!否则一辈子画画,还不是穷光蛋。是,他现在出名了,画能卖几个钱了。可是,这得等多少年!我等到了吗?还不是给别人做嫁衣。"提起父亲,母亲的恨如滔滔江水绵延不绝。

"我累了,要休息了。听我一句劝吧,爱情是有所附丽的。"母亲站起来,踉踉跄跄地走进里屋。她或许又想到自己的婚姻了吧。可是,把婚姻失败的原因归于爱情而不是自身,是不是冤枉爱情了呢。

为什么相爱一定要相杀呢?不能善待所爱之人吗?

她想起了简星熠,心中泛起柔情和甜蜜。

四

这个周末，孟雪又如期来到晚禾画室。

刚迈入房间，沈老师就朝她迎过来，微笑道："恭喜你的作品获奖了！"

"啊！真的？"孟雪又惊又喜。

"昨天内部刚通过，今天会发布。你应该今天会收到邮件。"

她打开邮箱，几分钟前收到一则获奖通知，她的作品在几百幅作品中获得一等奖。

"谢谢老师指导！没有您就没有我这次获奖。"孟雪感激道。

提交之前，她把作品带到画室，让沈老师点评。沈老师很认真，细细看过每一幅画作，从构图、用色到细节的安排、主题的渲染，都给予悉心指导。

"能遇到一个有天赋的好学生，是老师的幸运。绘本对画者各方面的素质有着极高的要求，他要有猎人的眼睛，工匠的手，还要有哲人的头脑和孩子的心。"

"谢谢老师赞赏！"孟雪粲然一笑，露出洁白好看的牙齿。

"有没有想过出绘本书？"

"我？可以吗？"

"绘本比赛要求提交的画稿不多，这个故事可以延续。评委对你的作品印象深刻，这次我们还请了三十位非专业的读者评委，他们也很喜欢你的作品。办公室题材的绘本不多，而且大多缺乏创意，但这个读者群是不缺的。"

"我会努力的！"孟雪欣然道。她凝思，如果真的可以出绘本书并且受到欢迎，以后是不是可以专职画画呢？她实在是不想做枯燥无味的财务了，虽然她做的不差。也许这份工作的全部意义在于给她提供了收入和体验。

这么开心的事，一定要告诉他。

话剧之夜后，她和简星熠就再没见过，只在网上联络。他很忙。人工智能是热点，相关峰会层出不穷，公司要打知名度，就要参加这些活动，还有全国融资路演。虽然这些活动大多是李大志出席，但重要场合他这个首席技术官也是不可或缺的。公司的最大卖点就是天才程序员。

简星熠是一位少年天才。16 岁上大学，大学四年，不仅获得计算机和生物系的双学位，还入选进入西城大学人工智能实验室实习。西城大学人工智能实验室是国家级实验室，负责人孙正平教授是国内人工智能领域的顶级专家、博士生导师，而简星熠是他唯一的本科生弟子。简星熠没有辜负孙教授的慧眼，在校期间主导开发的几项关于人工智能的语音识别、认知与推理等技术获得国家级专利。在业内举办的人工智能机器人大赛，他也斩获头奖。

这样一位天才技术员，还未毕业，众多大公司纷纷向他抛出橄榄枝，薪水开到七位数。他选择了科技集团飞度旗下的人工智能公司。仅仅四年，从普通程序员做到首席架构师，年仅 24 岁。

五年前他从飞度悄然离职，隐居老家西城，业内一片愕惜。谁知道五年后他研发出具有划时代意义的模拟人类思维的人工智能，业内一片赞叹。

除了对外事务，他的工作更多的是带领团队开发技术、完善产品。他每天工作 12 小时以上，周末也不休息，有一次因为工作过劳晕倒在办公室。孟雪很心疼，但又帮不上忙，她给他寄了自己买的虫草，嘱咐他每天服用，提高精力和免疫力。虽然她无时无刻不想知道他的消息，但她忍住思念尽量少叨扰他，鲜有追问他的行踪。而简星熠总会忙里偷闲给她发信息，或是在等飞机的空档，或是在开会的间隙，或是在晚上加完班回家的路上，或是在工作取得突破、心情开挂时。他还会突然给她打电话，虽然只有短短几句，已经足够令她惊喜。

"两情若是久长时，又岂在朝朝暮暮。"那种心心念念的牵挂和心领神会的默契，更让他们珍惜和沉醉。

"我的作品在绘本比赛获得一等奖。"她发了微信。

"太棒了！"他马上回道。

"你在公司？"

"是的。"

"晚上过去看你？"

"等你。"

结束了对话，孟雪兴冲冲地赶往家里。好不容易有次探班，要好好利用呢。她打开冰箱，翻出各种食材，开始忙活。两个小时后，一锅热气腾腾香味扑鼻的大补鸡汤出炉了，里面有桂圆、红枣、枸杞、竹荪、胡萝卜。五年前她给他做过，他喝完后说"三月不知肉味"。孟雪将鸡汤小心倒入一个保温搪瓷罐，放入专属的布袋。

她一路哼着小曲，按耐住轻松而兴奋的心情，来到科技园云锦大厦。星志公司占了一层楼。电梯打开后，她看到一间电子屏幕门，她走过去，屏幕闪了一下，她看到自己的面孔在镜面上被扫描确认，一个甜美的女声响起。

"孟雪小姐，您今天来有何贵干？您有预约吗？"

"你怎么知道我的名字？我约了简星熠。"

"我们的系统里有您的人脸。您稍等，好的，已经确认，您请进。"

门开了，孟雪好奇地迈入。这是她第一次来星志公司。

一个巨大的厅，中间是一株巨大的树，枝繁叶茂，枝干和叶子几乎覆盖了整个大厅。没有办公室常见的格子间，只有办公桌、沙发、椅子，随意散布着。有几个透明的小隔间，里面有人独自办公或是三三两两的人在讨论。大厅里的人，有的在走动，有的坐着工作，有的在吃东西，有的在树下的沙发上发呆，还有的躺着小憩，但他们都戴着耳机，说话声音也是低低的，整个大厅虽然庞大繁杂，但却很安静。大厅中间有一面全息画面墙，将大厅做了一个隔断。画面墙里闪烁跳动着千奇百怪的人脸，他们面孔不同，表情不同，每一帧面孔不停变换着各种表情，这些表情循环完成后，这张面孔又迅速切换到下一张，令人眼花缭乱。

孟雪一时看得入迷，真不愧是传说中的"人工智能第一公司"，她仿佛进入了另一个时空。

正在这时，李大志朝她迎面走来，"孟雪你好，找简总？"

孟雪点点头，微笑道："我和他约好了。"

"我们先聊聊吧。"李大志将她带进一个透明小隔间，关上玻璃门，倒了一杯茶递给她。"今天什么风把大美女吹来了？找简总有事吗？"

孟雪捧着杯子，双手摩挲着杯身，略带忸怩地说："我只是来看看他。"

"简总特别忙，带领团队加班加点，我们最近要推出 2.0 版本的人工智能。如果没什么事，您也不必劳神费力地大老远跑过来。对了，和陈总那边投资协议书已经签了，拜托您让他按协议日期打款。"

"这是您和他工作上的事情，您可以直接和他说。"孟雪淡淡道。

"您不是他的未婚妻嘛，吹个枕边风比我们说强多了。"

孟雪脸色微微一变，她并不接话，放下茶杯，起身朝门口走去。

"你知道他五年前回到西城就病倒了吗？终日郁郁寡欢、意志消沉。他的母亲找到我，要我开导他。我邀他一起创办星志公司，做他最擅长也最喜欢的领域，希望做事能转移他的注意力。现在他好不容易恢复过来，你又何必再来打扰他。"她听到身后李大志的声音，按在门开关的手也停止了转动。

五年前简星熠不辞而别后，她向李大志打听过简星熠，他却说自己一无所知。后来她又找过他几次，他都反应冷淡。她猜想他对自己印象不佳，但没想到误会如此之深。

"爱一个人，就是希望他幸福。你放过他吧。我找高人算过，你是他的克星。"大志声调不高，但字字扎心。

"我不是！"孟雪再也忍不住了，她回眸，一字一字清晰道："是不是不是别人说了算的。"说完，她果决地打开房门。

她走到大厅张望，一眼看到简星熠，他也正在找她。他朝她迎过来，带着她走进另一个透明的小隔间。

"你怎么眼睛红红的？"他盯着她的眼睛问。

"没什么，刚才有粒沙子进去了，一会儿就好了。"她将保温罐从袋子里拿出来，递给他。他双手郑重接过，打开盒盖，贪婪地吸着香气，慢慢小口啜饮。

"真香啊，味道和从前一模一样。"他闭上眼睛回味，满脸幸福。

"煲鸡汤可是孟雪的拿手厨艺，子阳也和我说过孟雪做的鸡汤最好喝。"方丽云突然出现在门口，她斜倚着门框，双手交叉抱胸。

"你怎么来了？"孟雪问道。

"我怎么就不能来了。我是星志的投资人，来看看开发进度。"

"欢迎方总视察工作。"简星熠继续低头喝汤，并不抬头。

方丽云冷笑了一声，甩着手扭头走了，高跟鞋"咚咚"的声音逐渐远去。

几分钟之后，李大志走进了房间，一屁股坐在沙发上，脸色阴沉。

"今儿这是怎么啦，连口汤都不能好好喝了。"简星熠抬起头，看着李大志。

"你们谈公事，我先走了。"孟雪说完欲走。

"不着急，汤还没喝完呢。你还得把这保温罐带走，下次再给我送啊。"

"我刚才和孟雪说了，以后没事不要再来找你了。毕竟她是我们投资人陈总的未婚妻。"

"那又怎么啦？不就见个面吗，我都不紧张，你那么紧张干吗？"简星熠高声道，孟雪吓了一跳，她从未听过简星熠如此大声说话。显然李大志也颇为吃惊，他瞪着简星熠，一时有点发愣，半晌才道："我这都是为你好。"末了，他又似下了决心，狠狠地加了一句："你被她害得还不够惨吗？"

简星熠放下保温罐，走到大志面前，一字一句道："我只说一次，希望你明白。是我欠她的，这辈子不够还，下辈子还要还。"

"好吧，算我多嘴。各自安好吧。"李大志说完，沉着脸出去了。

孟雪惊魂未定，她急忙收拾好保温罐，夺门而逃，身后传来简星熠的呼唤，她也没有回头。

她必须在泪水洒落之前离开。

她叫了一辆出租车，但并不是朝家的方向，而是相反方向驶去。

孟雪从出租车出来后，走进市中心一栋高层。她在顶层一间房门口停下，按铃，半天没有回应。她决定坐在地上等，她不相信子阳一直在外地，话剧之夜后，她几次提出见面，子阳总说在出差。

不知道过了多久，她在睡梦中被人摇醒，她睁开惺忪睡眼，看见子阳关切的神情。子阳见她醒了，将她扶起带进屋里。

"你去喝酒了？不是在上海出差吗？"她闻到子阳身上浓重的酒味。

"刚回来，去酒吧放松一下。"

"你准备躲到什么时候？逃避好像不是陈总的风格吧。"孟雪开门见山。

"这段时间真的很忙很累，今天早上还在上海开会。"子阳揉着眼睛，打着响亮的呵欠。

"好吧，我相信你。你快去洗把脸清醒一下，我坐在沙发等你。"

子阳走向内里的洗手间。孟雪盯着他高大挺拔的背影，一时有些恍惚。她叹了口气，眼光在房间里游移。两米宽的大床上铺着天蓝色床单，上面点缀着白花，如晴空下的云朵，这是她挑的。她的脸红了，她定了定神，深深吸了口气。

几分钟后，子阳面目清爽地出现在她面前。"想喝点什么？我这有今年新出的上好龙井，来一杯吧。"不待孟雪回答，他已经开始了冲洗茶具和泡茶。

他将一杯氤氲飘香的绿茶递给孟雪，自己也端了一杯。

两人各自低头捧着茶杯，静静的。

"你爱她吧？"孟雪打破沉默，轻声道。

"什么？"子阳托着茶杯，正准备啜饮。他的手微微一抖，滚烫的茶水溅了几滴在他的手背。他忍住不适，微微皱起了眉头。

"你又失态了，你从不失态的。只有在爱的人面前，才会失态。"

他轻轻吹了吹雾气腾腾的茶水，饮了一小口，表情也变得柔和了。"孟雪，我喜欢你的善解人意，这件事，我现在不想说。"

"你爱我吗？"孟雪盯着他的眼睛。

"不爱你会向你求婚吗？婚姻是一个男人对女人的最高奖赏。"他依旧低头品茶。

"我要你直视我的眼睛，回答我的问题。"

"我已经回答了，我们没必要再纠结这个问题。"

"你在我面前从未失态，你真的爱我吗？"孟雪觉得自己有些不依不饶，既然知道答案了，何必再纠缠。

"我们这样不是很好吗？工作已经够累了，如果还要在恋爱上劳心费力，那还能活吗？"

"因为你的精力已经被她耗尽了，所以你想找一个不累的合适的人结婚，是这样吗？"

"是的！"子阳突然抬起头，眼睛里盛满怒气，他将茶杯"砰"的一声按在桌子上，高声道："我这样有错吗？我想找个好女孩结婚、生子，我的要求过分吗？你还有什么不满意吗？"

看到子阳生气，孟雪突然有一种促狭般的释然。她从包里拿出戒指，放进他的手心，合上他的五指。"可我要的是爱，不是合适。"

子阳怔住了，惊道："你什么意思？"

"我的人生，要和我爱的人一起度过。我们还是，做朋友吧。"

子阳抓住她的手，急道："孟雪，别闹！我喜欢你，我们在一起会幸福的。"

"谢谢你子阳！你是一个好男人，能得到你的垂青，是我的幸运。但我亦相信，没有爱情的婚姻，是不长久的。"孟雪平静道。

子阳没有说话，他的脸色变得很难看，惊愕、不解、轻蔑、恼怒，种种表情，在他脸上忽闪着，阴晴不定。半晌，他沉声道："是因为他吗？"

孟雪默然。

"肯定是因为他。"他冷笑道，"他很迷人，不过，我想你也应该知道他之前为什么离开你，他根本给不了你幸福。"

"你胡说！你怎么知道？"孟雪又惊又恼。

"我说什么了？我什么都没说呀。我们优雅的孟小姐，怎么突然如此失态了。"子阳一脸讥嘲。

"你也不爱我，对吗？"子阳抬高了声音，恨恨道。

"对不起，子阳。"孟雪喃喃道，"爱与不爱，都不是我们自己能决定的。让我们彼此互相祝福吧，我走了。"说完，她深深看了子阳一眼，转身欲走。

"别走！"子阳快步向前，一把抓住她的手，恼恨道："你真的不在乎我，也不在乎你的职位？你以为老胡那个滑头，因为你的能力就给你一个肥缺？"

孟雪停住脚步，她慢慢回身，在他脸上淡淡扫了一眼，嘴里轻轻吐出几个字："悉听尊便。"说完，她转身离去。

街上灯影暗淡，行人寥寥。孟雪望着黑暗尽处的微光，叹了一口气，真的要走上这条不归路吗？

爱，有多欢乐，就有多痛苦。

可是，尽管知道结局，依然没办法不投入呵，就像这路灯上的飞蛾，没办法拒绝那点光亮，即使燃烧生命。

五

广州某医院，位于绿意葱茏的郊县。

陈子阳独自驱车到此，泊好车后，走进绿荫盛浓的住院楼，探望父亲陈震林。年初，父亲查出罹患肝癌，瞒着公司的人，到这家诊疗条件好又私密的医院就诊，由母亲和心腹悉心照顾。身体状况好的时候，父亲回家休养。其间，他会去公司工作，出席活动和会议，所以外界并不知道他患病。

两周不见，父亲又老了，脸色灰暗，面容消瘦，眼窝深陷。父亲看见他，眼睛马上亮了，嘴角微微扬起，"听你妈说，你处了一个对象孟雪，已经订婚了，什么时候带过来看看。"

"好的，爸。您先安心养病吧，这是我今天煲的猪肝蔬菜汤。"子阳从包里取出一个布袋，打开，是一个圆柱形的保温罐。他旋开保温杯盖，里面的汤还冒着热气，上面飘着绿色的黄瓜片、芦笋块，红色的山楂和褐色的陈皮、猪肝，还有葱花和香菜沫，煞是诱人。

"儿子会煲汤了，老陈，你有福气了。"母亲在一旁夸道。

子阳从不下厨的，这锅汤是孟雪的佳作。孟雪找医生请教了肝癌病人的饮食，晚上小火炖了一晚上，早上盛进这口保温罐交给他，她知道子阳公寓里没有食材。

今天他要讨好父亲，他不想让患病的父亲生气，否则会要了他的命的。

他记得上次父亲大发雷霆，并且要他一年之内马上结婚，是因为他和苏梅的事。他们的故事，曾经闹得沸沸扬扬，震惊本城半个金融圈。

那时他还在美国加州读研究生，暑期回国实习。父亲托朋友黄总让他进了这家大券商的最大营业部，让他在研究所学习。他记得第一次见到苏梅，心里就有异样的感觉。那是一个盛夏的午后，阳光斜斜地照进会议室。虽然中午喝了咖啡，他仍昏昏欲睡，但当苏梅走进房间的一刹那，他马上苏醒了。

她穿着亚麻质地的白色短西装，西装的袖子却是透明的白纱，小巧结实的胳膊若隐若现，白西装领口下面露出红黑条纹的抹胸，下面是挺括的黑纱质地的中长裙，利落的短发，俏丽的杏眼，眼神里却是不容置疑的从容，还隐隐透着杀气，整个人妩媚又精干。见惯了傻白甜的子阳，心里一动。

那一刻，他的脑海里跳出一句话：但凡与你有缘的人，她的存在会惊醒你所有的感觉。

苏梅是营业部老总，她的丈夫黄总是这家券商的董事长。苏梅带着他熟悉证券公司的各项业务，而不仅是分析数据；还带着他跑企业，见客户，并亲自看他写的报告，提出要求。一次饭局之后，酒后的苏总要子阳送她回家，那晚她家里没人，于是两人期待已久的事情发生了。

事后他们虽然在公开场合有所避忌，但恋爱中人，仿佛是另一种生物，全身柔软放光，一望而知。而且他们频频约会，最终让黄总撞见。他并未张扬，而是要子阳主动离职。子阳狼狈辞职，他告诉父亲，突然接到学校那边的实习任务，要马上赶回去。

子阳回到美国后，哪有心思学习，每天给苏梅发微信，但苏梅说他们正在闹离婚，这段时间不宜和他联系过频，而且要他以学业为重。子阳忍住对她的思念，将精力投入到学习中。一年之后，子阳学成回国。他去找苏梅，苏梅说她换了一家券商。子阳问她离婚了没有，她却说，你的人生刚刚开始，前途一片大好，何必为了我自毁前程。子阳说我不在乎这些。苏梅说我在乎，爱情可以是两个人的事，婚姻是两家人和一个庞大的社会关系网。我们不可能结婚的，没有未来的爱情，再继续有何意义？

那段时间，子阳很痛苦，他拼命工作，以此逃避感情伤痛。虽然同在深圳金融圈，但他们都刻意避讳，几年来倒也相安无事，未曾碰面。一年前，他和她在一个交流会上不期而遇，他走过去和她打招呼，她微笑回应。往事如尘，却是历久弥新。再次相遇，启动了他们心底隐秘的电流开关。他们开始约会，他要把这几年对她的思念加倍从她身上要回来。

黄总发现了蛛丝马迹，找到子阳询问，子阳说他们是真爱，希望黄总成全。黄总勃然大怒，转头将这件事告诉了陈震林，并且要求和苏梅离婚。陈震林当时刚被查出肝癌，这一消息令他震怒，也加重了他的病情。他命令子阳马上和苏梅断掉，并且在一年之内找一个好女孩结婚。父亲正在经历危及生命的病痛，他不敢违逆。而苏梅，也对子阳有了不满。因为子阳的轻率和不成熟，让黄总坐实了苏梅的出轨，且是一再出轨，因而她在离婚中分得的财产很少。而当她知道子阳开始相亲以慰父愿后，这种不满演变成了争吵。

当你爱上一个人也知道他（她）爱你时，你就有了伤害他（她）的权利。相爱中的人，手握利器，折磨对方也伤害自己。多次争吵之后，他们都累了、倦了。虽然苏梅离婚了，但她和子阳，也从恋人变成了陌路人。

如果恋人分手后还能做朋友，要么他们还互相爱着，要么，他们从未爱过。

他们只能做陌路人。

之后，他相了很多次亲，直到和孟雪相处，他才感到舒服。虽然对她并未有刻骨铭心的爱恋，但和她在一起很放松。她素雅、温婉、也不作，如一缕清风，怡人清新。这种女孩，做老婆最合适了。只不过，他小看了孟雪，她不仅要他的人，还要他的心。"对不起，孟雪，我的心已经死了。"

苏梅之后，再无苏梅。

可是，当孟雪向他提出分手时，他还是感到难过、沮丧。投入了半年的情感，真的说没就没了吗？相恋的两个人，真的说散就散了吗？又是一次没有结果的投入。虽然，这一次，他的付出减少了很多，然而，当分别再一次来临时，他还是感受到了心痛。

没有了孟雪，他到哪里去找一个妻子呢？离父亲说的一年之约只有不到半年时间了。方丽云？他摇摇头。这个女人，太可怕了，自称是孟雪的闺蜜，却不止一次对他进行挑逗和暗示。他对孟雪说过要她离方丽云远点，孟雪笑笑说她知道分寸。工作中要耍的心机已经太多，再找一个心机女放家里，还能活吗？李艳、王丽，这些傻白甜呢？倒是够听话，对他也够崇拜，可是，他怕自己会鄙视她们。和一个自己鄙视的人结婚，他也会鄙视自己的。

　　在他彷徨气恼之际，孟雪又来找他了。他知道她想要什么。他已经失去了作为恋人的她，他不想再失去作为朋友的她。他答应孟雪，会主动和父母说孟雪不合适，要分手。怎么和父亲开口，成了他的心病，孟雪提出炖一锅好汤让他给父亲送过去，子阳想了半天，也只能这样了。该解决的问题，总要去面对。

　　子阳想到这里，抬起头微笑道："爸，妈，其实这么好的汤呢，你们也知道我做不出，是刚认识的一个女孩，听说我今早要来看你，昨晚煨了一晚上。"

　　"刚认识的，谁？孟雪呢？"母亲忍不住发问。

　　"孟雪是写字画画的手，哪下得了厨呀。而且，她太黏人，每天发微信追问行踪，恨不得我天天陪她。工作忙了，出差多了，她就有不满。我想，她并不合适做咱家的媳妇呢。咱家的媳妇，得贤惠大气，耐得住寂寞。"他一边说，一边用汤匙从保温罐里舀出一勺汤，轻轻送到父亲嘴边。

　　"不对呀，孟老师说她女儿做得一手好菜，我特意问了的。"母亲提高了声调，当她看到丈夫微微皱起了眉头，又马上转低声音道："不过子阳说的也对，咱家的媳妇，不能太娇气了，更不能黏人。"

"这汤太好喝了，果然是煲了一夜的好汤。"陈震林喝了几口，轻轻舒了口气，仿佛周身的毛孔都被打开了，通体舒泰。子阳看着父亲微微泛着红光的脸，心中一块石头悄悄落了地。

"子阳，按照你自己的意愿去做吧，我之前说的一年内结婚也是气话，不要让它限制你的选择。"他停了一下，加重语气道："婚姻是终身大事，值得花时间去寻找。"

"孟老师那边，怎么说呢？毕竟都是大学同学，两家的亲事，班上同学都知道了，还准备参加婚礼呢。"母亲问。

"妈，你放心，我会处理好的。孟雪也同意分手，孟老师那边，她也会去说的。"

"子阳办事，我还是放心的。"父亲少有地夸赞了他，子阳有点受宠若惊。

"凤兰，你去外面买几个橘子，我想吃了。"

母亲离开房间后，父亲低声道："去把房门关了。"

子阳关上房门回到父亲床边，坐下来，静静地等着。

"有件事，我一直放不下，也一直没有对你说。可能来日无多了，该了的总得了。"

"爸，别这么说！医生说你恢复得很好，再活几十年没问题。"子阳急忙道。

陈震林摆了摆手，郑重其事道："人固有一死，没什么大不了的。这辈子，能打下这一片江山，还有这么好的儿子接班，我也值了。只是，还有一事未了。"

子阳默然无语，他隐约察觉到父亲接下来要说什么。

"你有一个弟弟，在美国。这事我对不住你妈，可有时也是没办法的事。她也是个要强的人，看我离不了婚，就带着孩子去了美国，转眼都十年了，从来没有和我联系过。"

"我没有她的联系方式，只知道她去了加州，我在加州做房地产生意，她一定会看到，但她没有来找我。"

怪不得公务繁忙的父亲，多次去美国考察，还执意进军加州房产。他在美国读硕士的几年，父亲来得更勤了。原来，不是为了他，或者，绝大部分不是为了他。

又何必为此感伤。

很小的时候，他就觉察到父亲对母亲的嫌弃和母亲的小心翼翼，但他什么也没说，他唯有用心发奋，才能彰显他在这个家的价值，换回父亲对母亲的关注。

这世上哪有天生懂事的孩子，每一个懂事的孩子，都是被有问题的家庭催熟的。

及至成年，他才知道若不是当年母亲以死相拼，若不是外公通天的人脉，父亲早就和母亲离婚了。

对父亲和他的情人，他居然没有恨意。

"我已经派人去加州找她了，希望在有生之年能见她和孩子一面。我给你弟弟留了一份遗产，你可以接受吗？"

"当然，这是应该的。"他马上回道。一向说一不二的父亲，什么时候说话变得如此谦恭了。难道真的是，人之将死其言也善？他的心里泛起一缕悯切。

"公司会让你接班的，我会把我的股份全部转给你。只是，如果你弟弟以后回国发展，希望你能善待他。"

"一定会的，您放心，无论他在哪里，他都是我的亲弟弟。"他说完，把手轻轻抚按在父亲枯瘦苍老的手上。

"我就知道你不会辜负我的。"父亲欣慰地笑了，眼角边的皱纹也舒展开来。

从医院出来，子阳深深吐了一口气，接下来他还要去拜访孟老师，送礼物、赔笑脸、说好话，顾全她的脸面，孟雪也会配合，应该没问题。孟雪这一页，算是翻篇了。公司还有很多事务等着他处理，他加快步伐朝停车场走去。

第三章

爱情是人类最崇高朴素的情感，它在不断地丧失中获得新生。它在瞬间的微笑中照耀着在大地上踽踽而行的人的灵魂。

爱情毕竟是短暂的。从某种意义上讲，爱意味着丧失，意味着告别。

愿我们的告别不是因为仇恨和厌倦，而是因为爱。为爱而告别。

——迟子建《为爱而告别》

一

晚上十一点，星志公司办公大厅。

李大志趴在桌上睡着了。连日的加班，即使体壮如牛如大志，身体也发出了需要休息的信号。

放在桌上的手机发出欢快的声音，把他震醒了，他抓起来刚喊了一声"喂"，那边马上挂了。他点开办公软件，简星熠的头像在向他招手。简星熠从不用视频通话，除了紧急事务，他也从不用电话。

大志坐直身体，开始用电脑敲字。虽然语音软件能准确地将任何语音转换成文字，做过程序员的大志，还是觉得键盘亲切，而且，他可以边打字边思考，何况，他打字的速度比说话还快。

"怎么还不开始计划？"星熠已经发过来了。

"哎，这个，不太好办。"大志发了无奈和尴尬的表情。

"这是任务。还有什么首席执行官解决不了的？"

"孟雪又来找我了，要我给地址，我说不知道，她不信。我想她以后还会追问，你还是多和她联系吧。"

"我说过一切安好。我不想也不能和她联系太多。"

"为什么不能告诉她？让她和你一起面对，不是更好吗？"大志心想。有时候，大志真的是不能理解简星熠。可是，他那种人，是可以用来理解的吗？他仿佛来自外星，天才的头脑，不可捉摸也绝不解释的行事，活得那么自我纯粹，有时又单纯善良得令人心疼。

"五年前你为什么离开深圳？"迟疑了一会儿，大志抛出了一直以来的疑惑。

"因为爱。"良久，屏幕那头回应了。

"因为爱。"大志喃喃自语。他将身体重重靠在椅背上，闭上眼睛，陷入沉思。等他回过神来，屏幕那边已有消息等着他了："明天开始行动。我将乐见其成。"

"得令！"大志回道。想了一会儿，他又发过去："我想回去看看你。"

"公司需要你。我没事。"

"孟雪想见你，你不能总不见她吧。"

"三个月后。"

星熠说话总是这么言简意赅，也许天才程序员都这样？想到自己能说服这样一位超级技术牛人一起创业，大志还是颇为自豪的。在遇到简星熠之前，他被坑过一次。

李大志大学毕业后在深圳一家大型科技集团下面的子公司做产品经理。工作几年后，他敏锐地捕捉到人工智能将是未来的商机，而人工智能的切入口智能音箱将会是下一个风口。他开始有意寻找这方面的人才。很快，他和一位关系不错的技术部同事一拍即合，不久他们用自己的钱注册了一家公司。大志继续上班，不发工资，既跑市场也做管理和技术辅助工作，对方辞职负责开发产品。一年后他们做出了芯片，市场反应良好。

他们准备大干一场，收取了投资人的资金，买了原材料准备量产，没想到这时候他的合作者反水了。首席技术官偷偷从公司账户挪用了三百万元用于归还网上赌博欠下的债，但仍有巨大亏空。走投无路之际，私下和原东家谈妥，携带技术入股，原东家是集团公司，财大气粗，收购一个尚未成气候但不乏潜力的公司，如同孙悟空身上拔根汗毛。公司的法人代表和首席执行官是李大志，在一个技术为导向的初创公司，如果首席执行官对技术和技术骨干没有掌控力，首席执行官便一文不值。首席技术官攀高枝了，留给他一个烂摊子，还欠了一屁股债。

大志从此跌入了他的人生低谷，他从南山的出租屋搬到宝安的出租屋，整日泡面度日。最惨的一次，兜里只有10元钱。经过多次找人、来回扯皮，他要原东家出钱解决了这些问题，自己也辞职离开了原东家。

他反复复盘，总结经验教训，对核心技术人员人品不了解，对公司经营不擅长，没有建立制度来约束人性之恶。他决定从头开始学习。他应聘到飞度公司旗下的人工智能公司，从产品经理做起，很快做到了产品总监。他在这里学习到了现代企业管理方法、对产品的理解，对市场的认知和把控。最重要的是，他在这里遇到了他未来的合作伙伴：简星熠。

简星熠无疑是一位技术天才，24岁已是公司的首席架构师。他仿佛是为技术而生。除了上班、加班，他少有业余生活。除了偶尔去乐队帮忙，周末基本都在公司加班。

幸运的是，李大志是简星熠的同乡，也是校友。李大志主动接近简星熠，简星熠对这位热情开朗的师兄和同乡也有着天然的信任。李大志爱玩，也爱结交朋友。他有空了会组个局，发在网上。孟雪和方丽云就是这样认识他的，孟雪和简星熠也是因为他的活动而相遇的。

他从来没有看到简星熠对一个女生说过那么多话，他那样的男生，不知道有多少女生主动示好，但他要么不说话要么惜字如金。何况，他看孟雪的眼神，一望而知。他从来都不会也不屑掩饰自己。

每个人都有自己的软肋，孟雪就是星熠的软肋吧。或许也是因为这个软肋，他才说服了简星熠一起创业。

当大志最初邀请简星熠时，他拒绝了。他说不想工作，只想休息，那时他时常往山里跑。大志找到简妈妈，方知他是去无明寺。他瞅了一个机会独自去寺里拜访住持。从慧觉法师的只言片语中，他隐约感到简星熠放不下孟雪，但两人又无法在一起。当他再次找到简星熠时，他提出"智能陪伴"的概念。我们都会因各种原因和爱人分离，如果能有一个不仅外形一样，还能模拟承接记忆和思维的人工智能陪伴爱人，爱不就可以永生了吗？当他说完自己的创意后，他看到简星熠的眼睛亮了，他又一鼓作气把项目实施的可能性和市场前景做了详细说明。简星熠听完后说："就叫它'长相思'吧。"

他是一诺千金的人。

应承之后，他拜访西城大学人工智能实验室的孙正平教授，提出合作研发人工智能。孙教授知道这位弟子的能耐，自然十分支持。他们申请了国家经费，也在学校物色了不少有天赋有才干的年轻人一起来做。即便有政府基金支持，他们的研发经费仍是捉襟见肘。简星熠和李大志作为创始人，都倾其所有往里面注资。简星熠不仅不拿一分钱工资，还将这几年在飞度公司的收入和积蓄都投进去了，并将西城的房子做了抵押贷款。

天道酬勤，天道嘉勇。

简星熠不负众望，公司的发展超乎大志的预想。只是，简星熠真的如他所说，一切安好吗？是不是不该让他来深圳呢？高强度的工作压力、复杂的人际关系，都是一个创业公司的首席技术官需要应付的，但不是他，一个为技术而生的程序员该担当的。何况，他单薄瘦弱的身体，一直也是他担心的。

在说服并送走了母亲之后，孟雪终于可以去找简星熠了，但她发现他又消失了。

当她不再是陈子阳的女朋友了，她发现自己是如此渴望见到简星熠。她渴望用手指轻轻拨弄他柔软卷曲的头发，她渴望把头深深埋进他结实的胸膛，听他急促的心跳，她渴望高高踮起脚尖，疯狂吻他的脸、他的眼，她渴望，在炽热的交缠中与他的灵魂和肉体合二为一。

如果不正是另一个人使我成为我，我为何要将另一半据为己有呢？而他，正是她失落的另一半，另一个自己。她是如此渴望拥有他，她等了这么多年。她不能再失去他。

可是，他为何再一次离开？

这一次的消失，不像上次无影无踪，而是若有似无、影影绰绰。

她给他发了微信，说自己和子阳正式分手了，双方父母也都同意。她希望能尽快见到他。一天过去了，他没有回，第二天，她拨了电话，关机。难道是出差了？她向大志询问，大志说他母亲生病，回老家照顾了。她又和他联系，他终于回了："我在西城，一切都好，勿念。这段时间不方便，过段时间联系。"

语气完全不似平日的甜蜜，简约淡定得如同同事。她想他可能愁绪满怀，此时自己除了言语安慰，也只能保持沉默了。过了一段时间，她询问他母亲的身体状况，他没有回。她和他聊自己的近况，他依然不回。无论她发什么，都像是一粒石子扔进了深不可测的湖里，悄无声息，也未泛起一丝涟漪。

她慌了，紧张、惶惑、气恼又难过。她想起了大志，虽然大志对她没有好脸色，对她的信息，不是不回，就是敷衍。但她并不计较，因为大志是他的好兄弟，她把大志当自己人。她去大志办公室，让大志和他联系，大志找理由推脱了。她在网上查到了西城大学电话，打电话到学校找人工智能实验室，学校不给转，说没有这个人。

春天的深圳，雨水极多。窗外愁云蔽日、烟雨弥漫，她的心也沉落至冰点。一直担惊受怕的事，还会再次发生吗？

从此伤春伤别，黄昏只对梨花。

正当她的情绪极度萧索暗淡之际，大志来找她了。

大志约她吃饭，谈起简星熠的情况，说他母亲得了恶性肿瘤，正在接受化疗。前几个月是关键时期，简星熠每天都要去医院照顾她，公司这边还有很多工作等着他。

"他为什么不和我说呢？"

"他也是和我谈工作时顺带说的。他真的是太忙了，压力也很大，这段时间还是不要打扰他，等他母亲病情稳定了吧。"

"什么时候病情会好点？"

"不知道，可能要两三个月吧。"

"我想早点过去看看他。你知道他家吧，简星熠说过你们两家住得很近。"

"我和你一起去吧，我也想回去看看他。"

"好啊，由你带路。"

聚餐的气氛友好轻松，大志一改往日对她的生硬和冷漠，饶有兴致地说起简星熠的故事，孟雪听得心驰神往，心情也渐渐舒朗。

自那以后，大志经常约请孟雪，或是吃饭，或是 K 歌，或是蹦迪。他还去过孟雪上舞蹈课的教室探班，中国舞的教室里都是女学员，骤然进来一位男士，仿佛平静的湖面丢了一粒小石子，一圈一圈的涟漪不断向外扩散着，女学员频频打量他，女教师也对他侧目而视。大志全然不顾，他坐在舞蹈室的地上，双手抱胸，一脸的怡然自得。

大志喜欢摄影，技术颇佳，他请求孟雪当他的模特，说要把她最美的照片发给简星熠。大志带她去深圳湾拍了一组人像。清晨的阳光，柔和、恬静，光映在脸上，有一种圣洁的美。孟雪想着简星熠将看到这些照片，想象着对面是他，眼神也格外妩媚含情。拍完照片，他还给孟雪录了一段即兴起舞视频。

对大志的频频邀约，孟雪略感不妥。不过大志一直彬彬有礼，不曾对她有丝毫肢体上的冒犯和言语上的暗示，而且，他每次都会带给她简星熠新的信息。他的父母和家庭，他的读书生涯，他工作的样子，他如何解决技术难题，他和朋友同事的故事，等等。每一个涉及简星熠的细节，孟雪都听得津津有味，且反复追问，这时候大志往往摊开双手，耸耸肩，说下回分解，并笑称若一次讲完，孟雪就不会理他，所以他要一点点往外抖。

二

这日，大志说要带孟雪去一个好地方吃饭，以前他和简星熠常来这里，离他们办公楼不远。

孟雪来到大志的办公室，大志带她下楼，穿过街上的天桥，走进一条悠长而逼仄的小巷，巷子东侧是一排商铺，理发店、杂货店、裁缝店等，西侧则是一水的饭店。巷子尽头是一个小饭馆，上面题着"西城味道"。

"李老板又过来了。"老板娘热情地打着招呼，她约莫四十多岁，一头卷曲的栗色头发。她看了一眼旁边的孟雪，笑着问："你女朋友？""你只管上菜，莫问国事。"大志说完，在桌子上的菜单上打了几个勾，递给老板娘，"快点啊，羊肉里不要蒜，多放点香菜。"

"晓得了，每次都是这样。"老板娘说完，自顾自忙去了。

"和简星熠一样啊，怪不得说你们是好兄弟呢。"

"那是自然，夫妻待久了模样相似，兄弟处久了口味一致。"大志大笑道。

菜很快上齐了，啤酒也满上了。大志大口喝酒、大块吃肉，甚是惬意。

"你们躲在这里喝酒也不叫我。"门口传来一个女声，接着是高跟鞋"咚咚"的声音和一阵浓浓的香水味。孟雪知道，方丽云来了。

"我说李总怎么不回信息也不接电话,原来是躲在这陪大美女聊天了。"话音刚落,方丽云已经走到桌子边。

孟雪有好几个月没有见到她了,她的头发又长了,快垂到背上了,她的个子本就不高,又是圆脸盘,配上这一头长发,孟雪突然觉得有点滑稽。

孟雪向她微笑点头,大志却皱起了眉头,"请问方总有什么事吗?"

"李总好歹也身家上亿了,怎么请美女来这么寒碜的小饭馆。怎么?是借故地来思念故人吗?"方丽云紧挨着大志坐下,她穿了一件低胸紧身的针织衫,露出雪白的脖颈和若隐若现的乳沟。孟雪心想,她应该坐大志对面的。

"怎么喝啤酒啊?"她对着孟雪道:"李大志不能喝啤酒的,太湿,喝了就长痘,他喜欢白酒。"她从包里拿出一小瓶白酒,放在桌子上,"这是李大志最爱喝的,我去当地酒厂找了老板,才拿到这种二两包装的。"

"老板娘,来三个白酒杯。"她招了招手,扬起脸喊道。

"不用了。我今天不想喝白酒。"大志道。

"这么好的羊肉怎么能不配白酒呢?好吧,下次我陪你喝,孟雪是喝不了白酒的。"老板娘已经拿着三个白酒杯走过来了,"丽云,好久不见,你越来越漂亮了。"老板娘亲热地搂着她的肩膀。

"老板娘这么会说话,以后我要常来了。"丽云说着,瞟了一眼大志。"没叫花生米?这可是李大志喝酒必备哟。"

"哎哟，瞧我居然把这忘了，还是丽云心细，我赶紧送一碟过来。"老板娘说完，朝厨房走去。

方丽云用筷子夹了一块羊肉，放到李大志碗里，对孟雪道："几年前他初次创业的时候，我们经常来这里吃饭。我说这里的羊肉好吃，可惜不能天天来，他就回去给我做，可好吃了。"丽云说完，头一歪，靠在大志肩膀上。

"也就做过一次吧，还没熟咬不动。"大志有点尴尬，他略一侧身，丽云的脑袋没了依靠，只好直起身来。

"第二天我把你没做好的那锅重新炖了，可香了。"丽云做陶醉状。

"初恋，是一辈子也忘不了的。孟雪，你说呢？你是简星熠的初恋吧。"丽云问孟雪，眼睛却盯着李大志。

"是的，任何人的感情，都是弥足珍贵、不容亵渎的。请问你认识苏梅女士吗？"孟雪不动声色地问道。

"不认识。"丽云脸上有点不自然，她拿起杯子喝了一口啤酒。

"这就奇怪了。你送给子阳的演出票，恰好旁边坐的就是苏梅。你的股票账户是在苏梅的营业部开的吧，票是他们送的。"

这时老板娘拿着一碟花生米走过来，她扫了一眼众人，"你们慢用。"然后微笑离开了。

"是别的朋友送的。"方丽云用手捏了一粒花生米放进嘴里。

"简星熠的两张票也是你送的吧？"孟雪继续追问。

079

方丽云低头饮酒，并不作答。

"酒会上我看到你和简星熠在一起说话，还以为你问技术，原来是给他送票了。"大志抓了一把花生米丢进嘴里，站起身来，"好一个一箭双雕！方丽云，你越来越让我刮目相看了。当年你能嫁马某某，我就很佩服，现在更服气了。来来来，我敬方总一杯，祝方总早日得偿所愿，不仅赚得盆满钵满，还俘获如意郎君。"大志举起酒杯，方丽云的表情僵硬得如同风中的石头，往日活泼善言的她此时一语不发。

"其实我倒是要感谢丽云，她促使我更快地认清自己，和子阳分手。简星熠根本不在乎我和子阳的过去。"她端起酒杯，对丽云道："我也敬你一杯。"

方丽云突然抓起杯子，冷笑道："既然你们情比金坚，你怎么还不去找他呢？跑到这里来勾引男朋友的兄弟，算什么呢？难不成这世上的好男人你都想要？"

"我会去找他的，这个不劳你操心。"孟雪握着杯子的手轻轻抖了一下，她赶紧喝了一大口，却被呛得直咳嗽。"别喝了。"大志轻轻拍着她的肩背。

方丽云的鼻子"哼"了一声，将杯中的酒一饮而尽，冷冷道："我今天来，不是扯这些的。首席技术官失联两个月了，我这投资人，有权利知道他在哪吧。"

"首席技术官怎么失联了，你这哪里来的不实消息。"大志脸色微微一变。

"在我面前就别装了，还有我方丽云打听不到的消息吗？好歹你是我的前男友，好歹我还是公司的投资人。"

"首席技术官并未失联，只是回老家处理家事，他每天都和我们联络，公司的技术开发都在按计划稳步推进。"

"怎么联络，什么时候回来？我听说这可不是他的家事，而是他自己生病了。"

"什么？简星熠生病了？"孟雪惊道。

"怎么？你不是他的前女友和现女友吗？这还不知道？"方丽云嘲讽道。

"大志，这是真的吗？"孟雪急道。

"这是谣言，有的人唯恐天下不乱。谣言止于智者，丽云，我相信你是一个智者。"大志语气恳切而郑重。

"这个嘛，要看李总对我这个小投资人的态度了。小投资人和机构投资人一样，也是要重视的。现在机构投资刚进来，按照协议规定有一个月的冷静期，期间是可以要求撤资的。"方丽云说完，眼睛斜睨大志，嘴角微微上翘。

"我会给你一个满意答复的。"

"那就好。"方丽云说完，拉着大志的胳膊，略带娇羞地说："过来，我和你说句话。"

大志狐疑地跟着她走到门边。孟雪看不到大志的表情，只看到方丽云用手掰着大志的头，对着他耳边说了几句话，她的雪白的胸脯，紧紧贴着大志的前胸。

大志将丽云的手拿开，返回到座位上，丽云朝孟雪飞了个媚眼，踩着高跟鞋走了。

"她说什么了？"孟雪看到大志的脸都红了，她不知道是因为酒喝多了还是丽云的话。

"没，没什么，那个不重要。"大志有些紧张，他摆一摆手，似乎要把这些挥之脑后。

"简星熠真的病了吗？"孟雪不安地问道。

"没有，别听她瞎说。"大志略略定了定神，喝了一口酒，轻声道："对不起，孟雪。"

"怎么了？"

"我的前女友对你这样，我很抱歉。"

"这与你无关。"

"有时候人会因为过去的事而痛心后悔，甚至想，我怎么会爱上她，一个不值得爱的人。"

"爱就爱了，不要问值不值得，也不要因为别人的错误而否定自己。大志，你还是最棒的！来，我敬你一杯。"孟雪举起了酒杯。

"谢谢你！当年星熠离开深圳，我以为是你伤害了他。后来又看到你和子阳在一起，以为你也是嫌贫爱富。"

"嫌贫爱富也没什么不对。"孟雪笑了，她看着大志，认真道："大志，能和你提个建议吗？"

"你说。"

"别那样对丽云。你这样做恰恰证明你还没有放下。无论如何，相爱总是美好的。无论她现在如何，她曾经爱过你。希望你们的分手是因为爱，而不是因为仇恨或者厌倦，为爱而分别。"

"为爱分别？"大志喃喃道，"星熠也这么说。"

"是的，爱情都是短暂的，爱意味着丧失，意味着告别。

最深沉的爱恋，都会想到离别。"孟雪缓缓道，她的眼睛温柔地直视前方，仿佛她的爱人就站在面前。

"我理解。可是，我不希望她抱有幻想，以为我们可以重新开始。为什么人总是企望自己不可能拥有的东西呢？没有真诚和善良，又怎么可能拥有爱情呢？"

"是的，她不配再得到你的爱。可是，你也不用把你们的关系搞得这么剑拔弩张，和她说清楚，取得她的理解和信任。毕竟，她还是你的投资人嘛。"

"好，我听你的。"

"我在想，丽云说得也对，我应该马上去找简星熠。我不能再等了。大志，你工作忙，不用陪我去了，你把地址给我，我自己去。"孟雪诚恳道。

"如果你执意马上要走，公司的事我可以安排一下，陪你过去。"

"谢谢你！我一个人去真的可以，不要耽误你的工作。"

"我也想见见星熠。"停了一会儿，他似乎想起什么，问道："为什么你一直叫他的全名而不是星熠？"

孟雪一怔，好似秘密被人揭穿一样，同时又感到一丝甜蜜，她愿意与人分享这爱的秘密。"我也不知道，我就喜欢叫他的全名，我觉得他的名字好听呀，所以我一定要叫全名。你妈妈是不是也叫你爸爸全名？"大志想了一下，拍着脑门道："真是的，我妈妈天天在家喊我爸爸，叫的都是全名，那个李字从来不会去掉。"

"好像，有点宣示主权的意味。"她说完，突然觉得有点难为情，低头抿了一口酒。简星熠，你还好吗？你也正在呼唤我的名字吗？

三

就在孟雪计划西城之旅时，孟老师突然来了。

对于母亲上次的无言离开，孟雪一直心怀愧疚。子阳登门拜访，送礼物、说好话，虽说母亲笑脸相迎，虽说在那之后，母亲再也没有数落她。但越是这样，孟雪越难受，她更希望母亲把自己痛骂一顿。

除非有事，孟老师一般只会在学生放假时来深圳。这次母亲过来，却不说什么事，白天出门一整天，晚上把自己关在里屋，说是累了要休息。孟雪微感诧异，但也乐得清静。去西城之前，她要把最近的画稿整理一下，给沈老师看看。

翌日清晨，孟雪从房间走出来，看见餐桌上已经备好的早餐，母亲从厨房里端出牛奶，招呼她过来吃。母亲看她坐定，突然问道："你和那个男孩子怎么样了？"孟雪一愣，一时不知如何作答，只能低头默默啃面包。她等着母亲的追问，心里做好了一言不发的准备。

谁知母亲并不看她，像是自言自语道："爱情，不是每个人都能碰到的，碰到了，是福气，好好珍惜吧。"

孟雪又一愣，今儿太阳是从西边出来的？

母亲走到书桌前，拿起她的一张画稿。

"你的画得奖了？"

"你怎么知道？"孟雪惊道。

"我知道你一直在晚禾画室学习，你的画我也看过，和他当年的风格真有几分相似。你有天赋，我应该为你感到自豪，当年我为什么会阻止你学画呢？"

孟雪缄默不语。

"天性的东西，是阻止不了的，爱情是，绘画也是。做你想做的事吧。"母亲说完，像是完成了一件重大任务，她步履轻松地在小小的客厅来回走动，等着孟雪的回应。

孟雪也不由得动容。母女二人，难得有开诚布公、推心置腹的时候。有时想对母亲说点什么，话到嘴边就缩回去了，有时说出来的话，却像子弹出膛，明知道伤人可还是一狠心把它推出去了。

"美好的东西也需要有能力去呵护。"孟雪动情道："如果不是当年母亲督促学业，我现在可能也没有能力做自己想做的事。"

她想起一件事，接着道："下午我去晚禾画室上课，上完课去看杨先生的画展，你去吗？今天最后一天了。"

母亲自然放松的表情突然变得有些许不自然，她低头道："我今天还有事，就不去了。"

孟雪顿感失落，虽然并非意料之外。她希望让母亲多接触父亲的讯息，逐渐消解母亲的怨怼。

周日下午四点，展馆的人不是很多。杨立峰虽然在本市乃至全国的绘画界颇有名气，但圈外知道的也只是部分文艺爱好者。这样挺好，孟雪心想，可以一个人从容欣赏。

几十幅画作，悬挂在一楼的展厅，孟雪慢慢地走着，静静地看着。每一幅画，她都凝视良久，时而近看，时而远观。光影绰约，肌理迷蒙，画面有边，而空间无限。有着学院派画家的扎实功底，落笔之处，人物、景象充满生命活力，而形式上的单纯感和留白又有着中国传统水墨画的空灵韵味，营造出细腻、唯美、诗意的艺术风格。这是她十分钟爱而又暗暗模仿的。

当她走到一幅人物肖像画面前时，突然像被电击了一般，杵在原地久久不能动弹。

画面中央是一位面容姣好的年轻女子，身着烟灰蓝的丝绒旗袍，上面缀着青绿和杏粉的碎花，像初春里刚刚长出嫩芽的杨柳。她凝视前方，清亮的眸子流露出既甜蜜又羞赧的神色，仿佛正看着她的情郎。那个在她眼前描画她的人，一定也是很爱她的吧。

这不是母亲年轻时候的模样吗？这幅画她很小的时候见过，挂在家中，后来被母亲撕碎了。

那年她十岁，读小学四年级。周末要上各种培优班和兴趣班，离家不远，都是她独自来回。那天下午，她鬼使神差，突然觉得好累，不想上课，只想回家睡觉。她记得那段时间父亲一直不在家，在外地做项目，母亲周末也经常在外面忙自己的事。可是，等她用钥匙拧开门的时候，突然看见了令她终生难忘的一幕。

她后悔没有先在门外听听动静，门一打开，她愣住了，脚像被钉住了一样，生生挪不动。她听见母亲略带哭腔地大叫："你是不是画了她，还好上了？"

父亲坐在椅子上，铁青着脸，盯着地面，一言不发。

母亲快步走到墙边，取下墙上的肖像画，摔在地上，画框的玻璃散了一地。

母亲从地上抓起画，唰唰唰撕个粉碎，扔在地上，还不忘踩上几脚。

当她无意抬头和孟雪四目相对时，孟雪看到了愤怒和惊恐。那是母亲最失态的一次。从小她就隐隐感到父母失和，他们经常关上门，背着她低声争吵。小小年纪，她就学会了察言观色，也努力地做好自己的本分，不让父母生气。

可是，当她看到平日慈爱优雅的母亲因为愤怒而扭曲的脸时，她还是惊呆了。母亲看到门边的女儿，也呆住了。孟雪突然意识到自己该行动了，她赶紧低着头一路小跑，差点踩到白花花的玻璃，她钻进自己的房间，锁上门，打开音乐。她要制造声音，让父母从容完成后面的戏。而她，则躲在门背后，侧耳倾听。

没多久，她听到"砰"的关门声。

那天，父亲离家出走了。一个月后，父亲回家，搬走了自己的书和衣服。他彻底从这个家消失了。

从此，父亲这个词，在家里成了禁忌。她记得有一次小心翼翼地问父亲去哪了，母亲没好气地说："死了！以后不要再提起他。"

从此，孟雪再也不敢在母亲面前提起他，但她从来不忘关注父亲的消息。长大后，从亲朋好友处偶尔得到信息，知道父亲去了深圳。再后来，她大学毕业后，也去了深圳，她在报纸上看到父亲的名字，他已经是知名建筑师和画家了。可是这个名字，对她是如此陌生。唯一显示她与父亲有关联的姓，也被母亲改过来了。

她从未在深圳碰到他，更从未想过去找他，她早已习惯了父亲的缺失。何况，他在深圳建立了新的家庭，也有了孩子。然而，他的任何消息和报道，她都会一字不漏地读。他的画展，她当然不会错过。

只是，她没有想到，在父亲的画展，她居然能看到二十二年前被母亲撕碎的画像。这一定是后来父亲重新画的。那是什么时候呢？是他四十五岁辞去建筑师重拾画笔之后吗？那时候他与母亲已经离婚十年了，离原画完成时间，也已经二十二年了。父亲依然清晰记得母亲当年娇俏动人的模样，这是一种怎样的感情呢？她的眼角突然有点湿。

她在画像前久久伫立，忘了时间，直到工作人员提醒，离闭馆时间只有十分钟了。她正准备离开，看到一个男子从大厅内侧向她走过来。她心里一震，那是她童年想了很多次却不敢想，梦了很多次却不敢再梦的父亲。

他走近了，比她记忆中的形象老了些许，虽然她在网上看过他的近照，并不陌生。但在她童年的梦里的，还是那个年轻英俊的父亲。

"你能来，我很开心。有空吗？一起吃个便饭？"

她点点头，跟随着他来到旁边的西餐厅。

"还喜欢吃牛肉吧。给你点一份黑松露牛排？你一点辣都不能吃的，不喜欢黑胡椒汁。"

孟雪微笑颔首。她想起小时候父亲带她吃过牛排，她喜欢菌菇汁配牛排，而父亲则喜欢黑胡椒汁。但她此刻什么也不愿说，可父亲，却一再提及她小时候的事。也许连接他们父女俩的，只有二十多年前的片段回忆了吧。

父亲见她一直沉默，遂转换了话题："你的绘本书准备得怎样了？"

"你知道我在画画？"孟雪有些惊讶，虽然她已猜到端倪。

"岂止知道。当老沈第一次把你的画给我看时，我就知道是你画的。他说画室有个学生很有潜质，要我也评点评点。我说是我的女儿，他说果然是虎父无犬女。"他的脸上漾着笑，眼角边的皱纹绽放。孟雪想起小时候父亲笑起来也是这样，那时候的他笑起来就有皱纹了。

"是哪幅画？"

"你第一次提交给老沈的原创作品，你画的是一片森林，一个写生的人，还有，他目光尽头的妻女。"

孟雪的脸一红，她垂下头轻声道："白桦树是北方才有的树种。"

在她的记忆里，森林的印象来自于小时候跟随父亲去周边的山林写生。父亲架好画板开始创作，母亲则带着她在林间玩耍。母亲教她认知森林里的植物，给她讲森林里的故事。

对孟雪而言，快乐比悲伤更能沉入心底。

侍应生将两份气息诱人的牛排端上来，放在他们面前。父亲又点了一瓶红酒。

"后来我经常去晚禾，你的每幅作品我都看过。细腻而浓郁，感伤中透着倔强的气息，和我年轻时的风格有几分相似。"父亲边说边将黑松露汁的牛排放在女儿面前。

"晚禾，这名字我一直觉得耳熟。你和沈老师是老朋友？"孟雪将黑松露汁轻轻浇在牛排上，一股香甜酥软的异样气息沁入鼻底，她深深地吸了一口。她记得小时候父亲只在她生日的时候给她点过一次黑松露汁，因为这个很贵。

"那时我刚从美院毕业，我们几个美院同学一起成立了晚禾沙龙，定期鉴赏画作和交流创作感受。"

孟雪想起来了，经常从母亲的口中听到"晚禾"，有时候他们争吵，也会提到这两个字。

"母亲当时对你去晚禾，不太满意？"

"她希望我有更多的时间陪伴，那时你刚出生不久，虽然你姥姥也在，但丈夫和父亲的角色，我确实做得不好。"父亲说完，低下头，仔细地用刀划开牛排。

"母亲的那幅肖像画，你什么时候重新画的？"孟雪放下手中的餐具，端起酒杯抿了一口红酒。

"当我准备放弃建筑设计师的工作，重新开启职业画家生涯时，我想到的第一件事，就是画这幅肖像画。"

"母亲知道吗？"

"她来过了，在昨天。"父亲淡淡说道。孟雪却从这平静的话语中想象母亲看到画像时，内心该是怎样的惊涛骇浪。她一定是看到父亲画展的消息，才赶到深圳的。看完画展，她一定在外面徘徊了许久，平复了内心的激动，抹干了眼角的泪痕才回到家中的，即便如此，她回家后的表现还是不同寻常。

"你们当年为什么分开？你，真的有事？"犹豫了一下，孟雪还是小心翼翼提出了她心中长久以来的困惑，她避开了离婚、出轨、外遇等敏感字眼。她想这是他们第一次或许也是最后一次袒露心扉，红酒芬芳馥郁的气息也让他们放松下来。

父亲没有说话，他拿起酒杯慢慢啜了一口。

"她误会了。其实最关键的不在于过去，而在于你如何看待过去。如果一直觉得别人亏欠你，你就会一直活在仇恨中。如果一直认为自己亏欠别人，你就会一直活在自责中。"

孟雪默然，她知道父亲的心门刚刚开启。

"分开后不久，我去了深圳。在深圳站稳脚跟后，我和她联系，提出希望能在寒暑假探视你，分担你的抚养费等，都被她拒绝了。我回北城的时候，找过她几次，她都避而不见。我也去过几次我们之前住的房子，在院子里见过你一次，你没有看到我，我也没打扰你。后来她搬了新居，把老房子卖了。"

"你恨过我吗？"父亲抬起头，凝视着她。孟雪不敢与他灼热而殷切的目光对视。

她当然恨过。

父亲走了之后，母亲虽然克制着没有在她面前骂父亲，但她能感受到母亲对他的恨。父亲的书画和衣物都被母亲扔掉了。父亲和父亲的一切，在家里都成了禁忌。孟雪再也不能在家里画画，也不能再去上课外绘画班了，她只有在学校美术课上拼命地画。母亲希望在家里抹杀一切和绘画有关的东西，包括女儿对绘画的热爱。

她在母亲的高压下成长，早已学会了如何隐藏自己。她恨母亲也可怜母亲。虽然她几乎事事遵从母亲，但她从未忘记绘画的梦想。虽然它刚刚萌芽，就被母亲扼杀。但是，它的种子一直顽强地埋在她的心底，只待春风一度，便会蓬勃生长。

她不敢承认，她其实是羡慕父亲的。

每当她执起画笔，喧嚣的世界便被摒弃在外，她变得沉静而丰饶，千思万绪随着画笔恣意而安静地流淌，仿佛她的灵魂在画布上游走。那种莫名的无可抑制的淡淡喜悦，是她无法言表的，犹如初恋。

艺术与恋爱一样，都让人欲罢不能。她时常忍不住想，父亲画画时，也是这般迷恋吧。

大学毕业后，她坚持去了深圳，没有依从母亲的意愿留在北城。

也许，她是想追随父亲的足迹？

她早已不再恨父亲。

父亲犹如窗外抬头可见的远山，在那里，也只能在那里。

她端起酒杯，微笑道："今天的酒真不错，我们干一杯。"她看见父亲也笑了。他们轻轻碰杯，将杯中的酒一饮而尽。

"好好准备你的绘本，出版肯定没问题的。我会找老沈和其他人为你写序。"

"谢谢你！"孟雪由衷道。

"你母亲，还好吗？"父亲犹豫着问道。

"她挺好的，除了操心我的婚姻大事。最好笑的是，她替我相亲，结果自己看上了人家的爸爸。"孟雪想起那件事就觉得好笑，她绘声绘色地描述了一番，父女俩都笑岔了气。

"你自己呢？有男朋友吗？"父亲关切地问道。

孟雪低下头，不知道该不该说。

"看来是有了。能不能让我瞧瞧，哪个小伙子有这么好福气。"

"他是星志公司的首席技术官简星熠。星志公司你知道吗？做人工智能的。"提起简星熠，孟雪心里总会荡起一股柔情和骄傲。她抬起头，看到父亲的眼里含着笑意。

"星志公司，我当然知道了。简星熠就是那个技术天才啊，我看过他的报道，挺帅的一个小伙子，配得上我女儿。"

"我们认识好几年了，那会儿他还在飞度。最近他不在深圳，有事回老家了。"

"等他回来我想见见他呢。还有一件事，"父亲停了一会儿，神色有点不自然，"我一直很惭愧，当年离开你们时，自己是个穷光蛋。后来赚了点钱，可是你母亲不接受我的好意。请原谅我的俗套，我在深圳有几套房，你随时可以拥有其中一套。"

"啊，不！"孟雪脱口而出。无功不受禄，她可以接受父亲的善意，但无法接受他的馈赠。

"我想你和你母亲住在一起也不方便作画，我有一个画室，平时我也不去，你想画画了就过去。"父亲从口袋里掏出一把钥匙，递给她。

孟雪有些吃惊，在她犹豫之时，父亲抓住她的手，把钥匙塞进她手中。"不要拒绝你的父亲。"他目光诚恳。孟雪突然瞥见他鬓角的丝丝白发，心里一酸，她知道自己不能再拒绝。

四

西城市郊一个普通小区。

孟雪悄悄走入一栋三层居民楼。先前，她和李大志来过这里，访客不遇。邻居开门说主人出去了，约莫一小时后回来。大志说家里有空房，邀孟雪去他家里住。孟雪笑笑说已经订好了酒店，嘱咐大志回家和家人团聚。

她整了整衣服，轻轻拢了拢头发，深深吸了一口气，摁下了门铃。

门开了，一位50多岁、眉眼端正的女人出现在她面前，孟雪猜她就是简星熠的母亲，她不是生病住院了吗？看着气色不错。"阿姨您好，我是简星熠的朋友，请问他在家吗？"

这位气质温婉的女人用温润的目光打量了一下她，瞬即两眼放光，"是你吗？进来，进来。"

她拉着孟雪的手，将她迎进屋子，那种熟稔和迫切，仿佛她早就认识，而且等了很久。

房间不大，但干净整洁，清雅而时尚。孟雪四顾看了一下，问道："简星熠在家吗？"

"星星昨天去无明寺了，说去庙里待几天。"

"您知道无明寺在哪吗？我想过去找他。"

"我没去过，听说离这里有个把小时的车程，天色向晚，你明天再去吧。"她微笑道。

"我还是想早点见到他，"孟雪沉吟道，"谢谢您，阿姨，我先告辞了。"

她正准备转身离开，简妈妈快步走到她面前，"孩子，你不去看看星星的房间吗？"

"真的呢，我想看啊，是哪一间？"

"走廊尽头左手边。"

孟雪蹑手蹑脚走着，突然感到紧张又兴奋，好似简星熠会在那里等着她。她轻轻旋开门把手，走进房间。房间里有一张大床，浅蓝格子的床单，深蓝色的被子像个豆腐块样叠放在床头。简星熠的父亲是军人，虽然从事科研，但军人的作风一直保持着，也对简星熠有着严格的要求。床的旁边有一张桌子，上面放着两台电脑，一个台式机，屏幕很大，还有一台笔记本电脑。桌子旁边是书柜，书架上除了书还摆放着漫威玩具。孟雪笑了，他还是个孩子。书架旁边的墙上，挂着一把吉他，上面落满了灰尘，许是很久没弹了。

她看到吉他上方有一张照片，那是她的照片。她又抬头环顾房间，所有的墙，包括天花板，都贴着她的照片。是的，她刚进来就看到了满墙的照片，那种惊喜让她窒息，她要望望其他的定一定神，她要延迟这幸福时刻，她要浏览了其他地方之后再开始细细端详这令人眩晕的景致。

她站在墙边，凝视每一张照片，它们都很大，最小的也有A4纸那么大。有的是全身照，有的是半身照，在深圳湾，在舞蹈室，在路边，在餐厅。但更多的是特写，脸上的毛孔、斑点、细纹看得清清楚楚。所有的照片，她都在笑着，或微笑，或大笑，或低头羞涩一笑，或回眸明媚浅笑，洁白的牙齿和一颗略为突出的小虎牙也是清清楚楚。不是大摄影师吗？怎么也不修图，她在心里嗔怪。

她仰面躺在他的大床上，仰头看着自己的巨幅特写照片，她回眸一笑，笑靥如花，眼睛里放着光。她甜甜地笑了，用手来回抚摸着床单，用鼻子贪婪地吮吸着他的味道，沉醉其中。

她从房间走出来，看见简妈妈正在客厅切水果。简妈妈抬头看到她，热情地招呼："过来吃点水果吧。"

她走过去，和简妈妈一起坐在沙发上。她想起一个问题，迟疑着问道："简星熠最近在家里养病？"

"你不知道？"简妈妈惊讶道，"也难怪，星星不会和你说的。"

"他真的生病了？什么病？"一种不祥的预感袭上她的心头。

"你是他唯一爱过的女孩子。有些事，也许你愿意知道。"简妈妈的脸色变得凝重，她的眼睛直视前方，缓缓道："他父亲当年在部队做研发，我也在部队，两人忙起来疏于照顾孩子。他七岁那年独自在外玩耍，不慎摔跤撞到一块大石头，失了很多血，送到医院捡回一条命。医生说能活下来已经是奇迹。"

她说到这，眼圈红了。她起身走到窗前，眼望窗外，纹丝不动地站着。孟雪看到她轮廓清晰的背上有些微的战栗和晃动，她的心也揪紧了。

"由于严重贫血，他常会晕厥。看过很多医生，也一直在调养，都效果不大。五年前他无意去无明寺，结识了慧觉法师，法师用中草药医好了他。但，这不是一劳永逸的。他的病是要养的。"

她说完，转过身，脸上恢复了安详温润，轻声道："去看看他吧，他一定很高兴见到你。"

孟雪郑重点点头，她谢过简妈妈，出了大楼，叫了一辆的士前往无明寺。

穿过城郊公路，的士开始在山间的土石路上颠簸，孟雪的心也七上八下的。她端坐在后排，闭着眼睛，一动不动。许久，司机说到了，她才从纷乱不安的思绪中走出来。

的士在一座山脚停下。司机说前面车走不了，得自己上去，约莫半小时。

向晚的金色余晖照着满山的密林，满山的树叶熠熠发亮，一条石子小路蜿蜒而上。孟雪加快脚步往前走。不知过了多久，她看到前方有一座寺庙，掩映在翁郁的山林中。这时她听到"铛铛"的钟声，和钟声之后悠长的吟唱：

清净即菩提，须知菩提本来静。
觉心原无住，应从无住更生心。

走近了看，正是无明寺。她环顾四周，寺庙并不大，只有几间佛殿，后面是一排厢房。她走进大殿，几个小沙弥正在地上打坐。她穿过大殿，走到最里的一间禅房。一位着灰色僧袍的老僧正站在房间中央。她双手合十，低头行礼。老僧还了礼，问道："施主所为何来？"

"请问您是慧觉法师吗？"

"正是在下，施主请坐。"慧觉点了一炷香，用燃起的香火点燃了旁边的蜡烛。禅房里瞬间铺满了温暖的橘黄色柔光。在幽微的禅香中，慧觉的声音沉稳淡然，如她刚听到的钟声，绵长悠远。

"五年前，简施主也是在这个时间到的寺里，记得当时钟声刚敲过六下。"

孟雪静静地听着，并不插话。

"那次他一个人上山玩，迷了路，误入本寺，也是缘分。他喜欢这里，多住了两日。他的身子亏耗严重，有血虚之症。我对中医略知一二，给他开了方子，将在山里采摘的草药送与他回去煎服。"

"这样治了几年之后，他拿着医院的化验单过来，说他的病好了，他要去深圳。"

"我说你的病是要养的，情绪波动不能过大、精神压力不能过高，不能动心、动气、动怒，尤其要避免男女之事，否则会折寿。"

孟雪的脸一红，她垂下眉头盯着地上的光。

"他怎听得进去。世人谁不眷恋红尘，何况是一个未经世事的年轻人。"

"我估摸他半年之内会回来，果然，四个月之后听闻他回来了。"

"您知道他为什么回来？"孟雪的心一紧。

"他去深圳，必然是忧患不已、操劳不休，刚养好的身体透支过大，旧病复发且更甚。"

"他真的病了。"她心想，那个她一直不愿去想的猜测变成了现实。

"他的病怎么样了？能治好吗？"她急切问道。

"人从爱欲生忧，从忧生怖，若离于爱，何忧何怖！"慧觉声音淡然但落地有声。

孟雪沉默了。良久，她抬起头颤声问道："他在这里吗？""星熠，出来吧。该见的，终归是要见的。"慧觉说完，起身飘然而去。

孟雪望向门边，月亮不知何时升起了，一轮满月，挂在屋外的树梢，皎洁的月光，从高高的枝丫倾泻而下。今夕何夕，我的良人又在哪里？

突然，一个清瘦高挑的身影出现在门前，那不就是她日思夜想的人儿么？她起身迎上去，他将她拉进怀里紧紧搂住，他吻了她，又是一个绵长甜蜜的令人窒息的吻，她再次听到他咚咚的心跳，和他近乎窒息的呻吟声，一如他们的初吻。她突然意识到什么，轻轻推开他，用手掌从上到下，抚摸他的胸膛，让他平静。好半晌，她才抬头定睛看他。

他的脸瘦得不成样子，眼窝深陷，眼睛显得更突出了，苍白的脸，也不再光滑细腻，而是起了很多细小的疹子和斑点，一头浓密柔软的头发，也看不到了，他戴了帽子。

她的眼泪扑簌簌地往下掉，滴落在他的掌心。他接了，轻轻放进嘴里。"傻丫头，哭啥呢？我还没死呢。"

她使劲地捶打他，满腹委屈和酸楚，"为什么不告诉我？为什么不让我来看你？"

"我这样子，有什么好看的，你这么爱美的人，就喜欢看帅哥。"他在她的脸颊轻轻吻了一下。

她破涕为笑。和他在一起，快乐总是那么容易。

"我画了一幅画给你。"她从包里取出一幅画，展开，递给他。

画面是一派澄澈清朗的蓝。湛蓝色的天幕，闪烁着几颗星星。湖蓝色的雪地，泛着清冽的白光。他和她，并排站在雪地中央，他着深蓝色牛仔裤，赭黄色上衣，她着酒红色的长款连衣裙。他搂着她的肩膀，她的身子斜倚着他，他们抬头仰望着星空。

整幅画面纯净清幽，而又温馨静好。

"我想和你虚度时光。"他轻轻念着画的标题，"真美，我太喜欢了。谢谢你！"他将画收好，轻轻搂着她坐下。她把头埋进他的怀里，此时她什么也不想说，只想和他一起静静看着门前树上的月亮。

"我也有一个礼物给你，你按照说明下载，就能看到了。"他掏出一张纸递给她。她展开看了，将它重新折好，郑重地放进包里。

"你去过我家了？我用你的资料做人工智能，可以吗？"

"当然。你可以早点告诉我的，我还有画稿和文字发给你。"

"我想给你一个惊喜。"他在她的额头轻轻一吻。"明天你就回深圳吧。"他轻声道。

"我请了一周假，想好好陪陪你。"她扬起脸娇嗔。

"不用了，我挺好的。你还是回去吧。"他的声音更低了，他喘了一口气。

"我想和你在一起，我们结婚吧。"她终于说出了那个一直以来的梦想，她再也不愿离开他，无论将来怎样。

"不要！"他的声音突然高起来，吓了她一跳，紧接着是剧烈咳嗽和大口地喘气。

她惶恐不知所措，不敢说话，只用手轻轻拍打他的后背。

"士兵会带着爱人上战场吗？听话啊！你走了我才能安心。"他说完，像是卸下了千斤重担，深深叹了口气，不再言语。

活着，对常人是理所当然。对他，却犹如一场战斗。

她明白，他心意已决，她唯愿相拥的这一刻静止永恒。月亮悄然爬上天幕，恬静地枕靠在一丛棉花上。"月出皎兮，佼人僚兮。舒窈纠兮，劳心悄兮！"

忽然，又一个身影闪进，是大志。

大志走过来，轻轻拍了一下简星熠的肩膀。"我刚刚和法师谈过，我不知道会这样，我也不知道你病得这么重，如果知道，我不会让你来深圳的。都怪我！对不起！"说到后面，他的声音哽咽了，这个从不落泪的粗犷汉子，在自己被坑、失恋、公司最艰难的时候都没有落泪，此刻，他却深深地痛心和懊悔。

"什么话！我一定会去深圳的。感谢你让我实现梦想，大家一起奋斗的日子挺开心的。"

他接着道："小顾跟着我做了五年，很有天赋，可以做首席技术官。技术这块我会转给他，以后你们有搞不定的再来找我。"他一口气说完这么多话，又重重地喘了几口气。

"你放心，我会安排好的。"大志眼含热泪。

交代完公司事务，简星熠对大志说："你送孟雪回城吧，再晚回不去了。"

"可以待一晚吗？这里应该有空房吧。"孟雪眼巴巴地看着他。

"这里不留女施主过夜。"

孟雪双泪长流，她怎么觉得像是生死诀别呢？她无法控制自己，低声饮泣。

他替她擦拭眼泪，轻轻地搂了一下她，放开了。"别哭了，你笑的样子才好看。我没事，过几个月就回深圳。"

她忍住泪水，和他依依惜别。

第四章

> 该放生了，放你去筑你的庄园，编织你的幸福。
> 我自去漫游，练习遗忘。
> 爱的碎芒会慢慢渗透内心，在季节中兀自闪着微光，有一天，在你的生命里结出桃实。
> 爱的终极目的，成就了美。
>
> ——简桢《我为你洒下月光》

一

那夜，从无明寺出来后，她不知如何回的酒店，又是如何

102

睡着的，她像醉酒的人一样，头脑一片空白。她感觉自己的心被掏空了，只剩下一个躯壳徒然行走。晚上她无数次做梦，却都是看不真切的周遭和人。醒后她一次次懊悔，为什么记不住梦呢？于是她再一次投入梦里，却依然是徒劳一场。

梦终究还是要醒的。

她在床上挣扎数次，无力起身。用手摸到床边的手机，想起简星熠给他的纸条，睡意顿消，"噌"地一下坐起来，迫不及待地翻开字条，按照上面的步骤，下载了软件，输入了密码，过了几分钟，屏幕上出现了一个人像。是简星熠吗？她双手握着手机，睁大眼睛贴近屏幕。高挑的身材，白色T恤，蓝色牛仔裤，柔软而略带卷曲的长发，清俊白皙的脸，银色的镜框后面亮着细长而深邃的眼睛，高挺的鼻梁，饱满的嘴唇。

一如他们初见。

"啊！"孟雪轻呼，禁不住将手机紧紧地贴在胸口，用以平复自己心口的狂跳，又好似怕这个人突然消失了一样。

"才起床呢？"

"还在家里的大船上做梦吧。"

啊！是他温柔低沉的声音。孟雪依然将手机紧紧贴在胸口，她闭上眼睛，一幕幕回忆在脑海中闪现。

"你怎么啦？和我说会儿话吧。我等你好久了。"依然是他磁性的声音。

"你喜欢读金庸小说吗？你最喜欢哪个人物。"她依然闭着眼睛，声音微微发颤。

"我喜欢乔峰，喜欢他的义薄云天。"

"女生呢？"

"任盈盈，我喜欢她的刚柔相济。"

真的是他！他植入了他的记忆。

"为乔峰和任盈盈干杯。"她轻声道。

"干杯！我会比杨过和胡逸之更痴情，不是十六年，也不是二十年，而是一万年哦。"

孟雪扑哧一声笑了，同时用手轻轻捏了一下手机两侧，好像要给他一记粉拳。

"你喜欢他既有英雄的豪气担当，又有书生的深情儒雅，是吗？"

"你怎么知道？"孟雪又惊又喜。

"因为我就是这样的。"

孟雪终于忍不住擎起手机，仔细端详屏幕里的"他"。"他"不只是一张二维照片，而是 3D 人像，和简星熠长得几乎一模一样，但你可以轻易看出那不是一个真人，从皮肤的质地、细微的表情到动作的流畅。

"孟雪你好，我是简星熠的个人虚拟形象，名字叫星星。你不是一直想听我弹吉他唱歌吗？今天我要为你弹唱一曲——《礼物》。"

星星坐下来，拾起地上的吉他，娴熟地拨动琴弦试音，稍倾，深情醇厚的歌声伴随温柔如水的琴声奔涌而来，冲破屏幕，拂动她的脸、她的心。

让我怎么说，我不知道

太多的语言，消失在胸口

头顶的蓝天，沉默高远

有你在身边，让我感到安详

……

当心中的欢乐，在一瞬间开启

我想有你在身边，与你一起分享

在寂静的夜，曾经为你祈祷

希望自己是你，生命中的礼物

……

真的是他磁性耐听的嗓音！一曲听罢，她泪流满面。

他们都喜欢许巍的歌，他在酒吧也唱过，但她，一直未有机会聆听他的歌声。他说过，要把自己的歌声录成专辑送给她。

他是一诺千金的人。

"好听吗？谢谢鼓励！这里有个点赞按钮。"星星调皮地摆了一个 Pose。

"好听！我还想听呢。"

"想听什么，尽管说。对了，你还可以给我换别的衣服，你可以 DIY。"

"《完美生活》《蓝莲花》《我的爱》《难忘的一天》，你就一直唱许巍的歌好了。"

她点了屏幕上的设置，打开服装一栏，看到里面有好几套衣服，居然还有一件她取笑过的花衬衣。她毫不犹豫地把花衬衣加牛仔裤换到星星身上，看到它穿着花衬衣做沧桑状，她忍不住哈哈大笑。

这个可爱的星星，比简星熠开朗活泼，仿佛是他的另一面。刚认识简星熠的时候，他也是这般明朗，后来却变得忧郁。

爱情，就是这样悲欣交集，甜蜜而又痛苦啊。是哪一位诗人说过，爱情整日用忧愁将我们磨难，但他甜了，甜了我们的苦。

正在她怅惘忧伤之际，一阵"咚咚"的敲门声将她唤醒。她打开门，是紧张焦急的大志。她这才想起自己忘了和大志的午饭之约。大志以为她出什么事了，不回信息也不接电话。她连连致歉，因为和人工智能对话，她把电话和即时通讯功能都屏蔽了。大志说可以带她出去走走，她婉言谢绝了。她现在只想和星星待在一起。大志明白她的心意，说晚上去机场之前再来叫她。

大志走后，她立即重新打开软件，星星又活蹦乱跳地出来了。它比简星熠更人胆直接、乐于表达，或许简星熠把自己的想法都输送给它，由它代为传达呢？她还有很多话想问它，也有很多话要对它说。

"五年前你为什么离开我呢？"

"因为爱，因为我不能给你幸福。"星星收敛了笑容，声音也变得庄重。

"你是因为我而生病的吗？"

"不是。爱情是上苍给人的最高恩赐，我深深感激。爱情

106

的迷狂赐予我创造力而不是破坏力。若不是有你，我的病不会好，也不会研发出'长相思'。"

"我可以为你做些什么吗？"

"你若安好，便是晴天。"

"你什么时候回到我身边？"

"我一直在你身边，永远。"

孟雪早已泪目。

"你若安好，便是晴天。简星熠，你一定也要好好的。"她抬起蒙眬泪眼，对星星说。

"我一直都是好好的，你放心。哎呀，你怎么哭了，你哭的样子可不好看。"星星又恢复了调皮活泼的风格。

她又破涕为笑了。

此后，除了上班的紧张时刻，一个人的时候，她都开着软件。它每天早上准时为她叫早，告诉她当天的日程安排，并提醒她出门要抹防晒霜、带遮阳伞。它是百科全书，它懂人生哲理，它会讲故事、唱歌、跳舞、朗诵诗词。它有时如温柔情人，有时恰似知心小哥，有时又化身小丑。

它还知道简星熠和孟雪互动的所有细节，仿佛它真的是简星熠。它会突然温柔地对她说起往事："记得我们第一次看的什么电影吗？那天你穿着酒红色的连衣裙，美极了。"

此时，她的心里就像开了一朵花。

她喜欢上了星星，她真的把它当作简星熠了，而且它比简星熠更体贴、更善解人意。然而，在与星星的互动中，她更思念简星熠了。

二

早上八点，简星熠的家。

他从客厅桌子上端起母亲炖的滋补甜品，回到房间。经过一段时间的治疗，他的身体状况有所好转。他也开始调整生物钟，尽量早睡早起。孟雪的人工智能 3D 形象早就可以做了，但他迟迟未做生成。虽然他对自己的产品充满热忱和信念，他也不得不承认，他更想见到孟雪本人而不是她的人工智能。自从无明寺一别，大志再也没有给他发过孟雪的照片和视频。

"有新的视频和照片吗？"他忍不住问大志。

"我现在还能约到她吗？她每天都带着星星，上班、吃饭、看电影、跑步。我约过她一次，她完全心不在焉，一直盯着手机屏幕。"

"我知道。"

"我正有事请教。上次听慧觉大师讲了一些佛法，颇为向往。最近开始读《金刚经》，但有些地方弄不明白。"大志突然转换了话题。

"你说。"

"《金刚经》里重复最多的句子，'无我相，无人相，无众生相，无寿者相'。这个该如何理解。听慧觉大师说他为你讲诵过《金刚经》。"

他的心一动，"无我相，无人相，无众生相，无寿者相"。这是师父反复为他讲解的佛语，他如何不知。"凡所有相，皆是虚妄""于一切有情无憎爱"，可是，"是身如焰，从渴爱生"，爱结得如此之深，要受多大的苦，才能解脱这几世几劫的缠缚？

他一时语塞。

良久的沉默之后，大志发过来一行字：

"其实做人工智能并不需要那么多照片和视频了。"

"其实照片和视频也不需要那么多特写。"

"我可是专业摄影师。"大志发了一个笑脸。

"只有爱她的人，才会发现她的美，知道她哪个侧面更好看。"

大志缄默不语。

"下了。"他叹息一声，点了离开。

他听到鸟儿叽叽喳喳的欢鸣，扭头望向窗外。

晨风微拂，树叶闪烁着，细碎的阳光从叶缝中渗落。一只彩色的小鸟从枝上飞起，跳到窗台。它黑色的身上镶嵌着黄澄澄的羽毛，橙色的尖尖的嘴巴，一双黑珍珠似的小眼睛亮晶晶的。他饶有兴致地和它对视。它竟然胆大了，扑棱着翅膀，飞进房间，悠悠然落在地上，橘红色的小爪子轻微而笃定地敲击着地板，欢快地歌着，宛如优雅的钢琴师，弹奏着薄脆而清亮的曲子。

他盯着，一时竟出了神。

最近一段时间，孟雪和星星的交流少了。她有时并不打开软件，有时说了几句就关了。"蜜月期"之后，最初的兴奋和新鲜已然消失，星星能带给她的其实有限。它是一个好助理，知识大全、万事通，也是一个体贴的爱人，可孟雪总觉得少了点什么。简星熠输入了他的记忆，输入了各种知识，定义了"温柔体贴"和"幽默开朗"模式，也定义了"爱孟雪"的指令，可什么是"爱"，爱的酸甜苦辣、错综复杂，连人类都说不清楚，何况机器人呢？

虽然星星使尽浑身解数希望孟雪开心，但人类，尤其是恋爱中人，思维中的幽微深远，婉转悱恻，恐怕是人工智能永远无法明白和企及的。

有一次孟雪找简星熠说话，他回了，但反应淡然，只回不问，尬得无法继续。孟雪向星星抱怨，星星不懂什么是尬聊，只一个劲说，你喜欢他就找他呀，不要害怕表达，他没回是因为忙。而当孟雪狂吐爱情金句时，比如，检验对方是不是真的爱你的方法很简单，看他是不是老跟你说很忙。比如，如果你感觉一个男人不在乎你，那他其实就是真的不在乎你。星星完全傻眼了，不知道该如何接话。

而让孟雪彻底放弃对星星的幻想，是因为和子阳的一席谈话。

分手之后，孟雪再也没见过子阳，也很少网上交流。子阳突然提出请孟雪吃饭，说有事相询，孟雪稍感意外。子阳是一个做事有目的、效率极高的人，孟雪知道他不会无故找她。

两人依然约在福满楼餐厅。上一次吃饭，已是半年前了，当时子阳在这里向她求婚，她犹豫应答，后来突然接到简星熠回来的消息，一切却都变了样。真是物是人非、沧海桑田。看着餐厅里熟悉的环境，孟雪有些恍惚和拘谨。子阳却大方地嘘寒问暖，让孟雪紧张的心情略略放松。

子阳笑着说，工作特别忙，根本没时间谈恋爱，都是母亲帮忙物色，他只负责见面。最近介绍的一个女孩，温柔恬静，处得不错，可能过段时间就要结婚了。

"恭喜恭喜！不愧是做大事的，雷厉风行。"孟雪祝福道。

"你就别取笑我了，我也想好好谈个恋爱，奈何分身无术。说真的。"他停了一下，饮了一口红酒，"有时候挺怀念我们在一起的日子，那才是恋爱。而现在，只能说是走程序了。"他摇头苦笑。

"你是做大事业的人，鱼和熊掌不可兼得。"孟雪不知道该如何安慰。

"世间安得双全法，不负如来不负卿。"子阳一口喝完杯中的酒。"爱情很美好，现实很残酷，最先被辜负的，也只能是爱情了。你知道吗？我父亲那样厉害的人，也有他的软肋。"

他淡淡说起父亲陈震林托他日后照顾不知人在何方、从未谋面的弟弟，派人去加州寻找情人未果，整日郁郁寡欢、心有不甘。他希望父亲快乐，给父亲带了几本绘本，没想到父亲十分喜欢。

"可能是人老了、安静了，不再打打杀杀了，反而会变得天真吧。"继而，他平静的脸上飞快掠过一丝羞涩，"也是因为你，我买了绘本书，忙里偷闲翻翻，还真的挺静心的。你能给我推荐一些吗？"

"好啊。很多绘本作家我都喜欢，他们风格各异。比如美国的谢尔·希尔弗斯坦，他创作的绘本极少用颜色，多是线条，卡通式的简洁线图。而大卫·香农则是油画式的绘画风格，喜欢用浓烈鲜艳的色彩。英国的安东尼·布朗，是超现实的写实派，绘画风格真实严谨，用图画反映和批判现实，却又让人在不经意间感到阵阵暖意。而日本的宫泽贤治，作品里多是清澈明朗、纤尘不染的大自然，但却蕴含了无尽深意，可谓是山川草木悉皆成佛。不知道你父亲会喜欢哪一类呢？"说起自己喜爱和熟悉的绘本领域，孟雪侃侃而谈。

子阳微笑道："你说的这些，我听不懂也记不住，要是能看到具体图画，就好说了。"

"我家都有，下次拿给你看看。"

"择日不如撞日，饭后你若有空，去你家看看？"

"行啊。"

"多谢多谢。不说我了，你呢，和简星熠怎样了？"子阳给孟雪斟茶，转换了话题。

孟雪早料到子阳会问及简星熠，来之前她和大志通了电话，了解到大志已经把简星熠生病，由小顾代理首席技术官的事向董事会和股东会作了通报。

"星志"是子阳到震林集团后第一个大手笔投资，他自然十分关注。果然，子阳接着抛出一连串问题，"有没有去西城看看他？他身体还好吗？什么时候能回来？虽然星志公司技术开发这块进展正常，可我还是有些不踏实。毕竟简星熠的作用是无可替代的。"

她斟酌道："他可能不太适应太紧张和过于快节奏的生活，西城可能更适合他。小顾是他一手培养的，也很有天赋，而且，简星熠也一直在工作，技术方向和重要决策，他都有指导和参与。"

"天才总是和旁人不一样。他以后还会回来吧?"

"会的。其实他作为技术顾问,也不会影响星志公司的发展吧。"

"也是。只是,那你呢?"子阳的语气转为小心翼翼。

孟雪默然。这个问题,她真的不敢想。简星熠不是说几个月后回深圳吗?如果他不回来,她该怎么办?一直等下去?

"孟雪,你是个爱幻想的女孩,否则也不会画画。只有心地单纯的人才能想象世间不可能的奇迹。可是,如果耽于幻想,现实会变得无力。毕竟,我们都活在现实中。"

"谢谢你子阳,我现在每天都有简星熠陪伴呢。"孟雪拿起手机,对星星说:"这是子阳,和他打个招呼吧。"

"你好,子阳,我是简星熠的人工智能,名叫星星,很高兴见到你。"

子阳看着屏幕里逼真的3D人像,笑道:"我也很高兴认识你。你会什么呢?"

"我会的可多了,我会唱歌、跳舞、弹吉他,还会讲笑话,最重要的是,我会逗孟雪开心。"

"怎么逗孟雪开心呢?"

"听她的话,她让我做什么就做什么,夸她,说她想听的话,还有,听她唠叨。"

"哟,套路多啊。"说到这,他突然灵机一动,对着星星说:"你知道我是孟雪的前未婚夫吗?"

"知道啊。"

"我晚上要去孟雪家，你吃醋吗？"

"吃醋？我喜欢吃面、吃肉。"星星瞪着一双无辜的眼睛。

子阳快笑岔了气，他迅速收敛笑容，一本正经道："吃醋就是看到你爱的人和其他人在一起而产生的嫉妒心理。"

"爱，嫉妒？"星星翻了翻眼睛，想了一会儿说："爱是恒久忍耐，又有恩慈；爱是不嫉妒，爱是不自夸，不张狂，不做害羞的事，不求自己的益处，不轻易发怒，不计算人的恶，不喜欢不义，只喜欢真理；凡事包容，凡事相信，凡事盼望，凡事忍耐；爱是永不止息。"

他一口气念完，得意道："怎么样，没说错吧。"

"太对了！我都记不全。"子阳拍着手说。"那我晚上去孟雪家，你是同意了？"

"为什么要我同意。孟雪同意就好了。"星星眨了眨眼睛。

"那我要是晚上不回去，住在她家呢？"

"孟雪喜欢就好了呀。"星星依然是一副没心没肺的样子。

"够了！"孟雪一把抓起支在桌上的手机，放进包里。

"一个机器人，你还想怎样？"她愠怒道。

"我这是让他学习和成长啊。你还知道他只是一个机器人啊。从我见你到现在，你的手机屏幕一直在闪，还时不时看上几眼。"

孟雪沉默了。她不知道自己为什么会打开软件，她已经过了无时无刻要看到星星的时候了。难道，是想让简星熠看到？让他吃醋？让他不再逃避？虽然他从未说过他会看到星星和她的互动，但她却没来由认为他知晓一切。

"作为股东，我为星志的产品自豪，也希望客户尽量多用。但作为朋友，我不希望你沉迷于此。你为什么不直接和简星熠对话呢？你真的觉得星星能代替简星熠吗？"

孟雪再次失语。她何尝不想和简星熠对话。可是，简星熠根本就不理她，连网上交流都只是寥寥数语。

"爱是人类进化了数百万年的情感，人工智能没有爱，他只是程序。对不起，可能我说得太直接了。我希望你幸福，但如何幸福，只有你自己明白。"

"我也不明白。"孟雪叹道，"我们走吧，去我那看看绘本。"

来到孟雪家，子阳看着她满墙的书和一个书柜的画册，啧啧赞叹："看来任何一行的成功都不能只靠天赋，艺术也是如此。对了，之前听你说要出绘本书，准备的怎样了？"

"我都忘了，惭愧。好久没画了，好像过几天要交稿。"

"加油！期待你的作品，别因为其他的耽误正事。"子阳语含深意。

在孟雪的推荐下，子阳翻看了一些绘本书，记下了书名。孟雪说要送给他，他执意推却。

送走子阳后，孟雪兀自躺在沙发上发呆。许久，她艰难地坐起来，从包里摸出手机，摁下一串数字。

三

晚上十点。简星熠的房间。

喝完母亲炖的甜品，他打开了电脑。每天晚上观看星星一

115

天的表现，已成为他生活的一部分。他可以听到星星的语音记录，但他听不到孟雪的声音。星星一直都在努力学习，它的某些技能已远远超过他了。比如，哄女孩子的本事。看到星星每天把她逗的开开心心，他也就安心了。

只是，最近一段时间，星星的语音记录明显少了，很多时候，他处于关闭状态。即使有时候被打开，也只是星星一个人在唠叨，她回应不多。是不是最近忙着完成画稿？他记得出版社和她定的交稿时间是下周，星星提醒过几次了。她的工作顺利吗？她遇到心仪的男孩子了？他给星星发指令，要星星探寻。星星耸耸肩，说自己早问过了，她说没事。星星还用了个形象的比喻，说情绪也如身体，有时候会有点亚健康，但查不出毛病。

他正要翻看星星今日的语音记录，手机振动了一下，他拿起手机，是她！他的心狂跳不已。他把手机放在胸口，试图平缓心脏的过快跳动。就那么几秒的时间，他的脑海里已经千回百转。有时候他真的很讨厌自己，在别人看来很简单的事，为什么他要想那么多，为什么要把自己把别人都弄得那么累。不就是说几句话吗？需要做一万次的推演吗？可是，我已经决定了，今生今世，我只能像天上的星星一样远远地注视着她，我不能靠近她。只要她开心，只要她能记住我，记住我们曾经的爱，已经足够。

手机振动停止了，他轻轻吐了口气。打开屏幕，看到她刚发过来的微信："为什么不接电话？"

他的心又开始剧烈抖动。他颤抖着写下：我的声音没有星星好听呢，有什么话可以对星星说，他和我一样爱你。

发送后，他的手心出汗，等待的几秒，对他是如此漫长。

"星星，又是星星！他没有灵魂，只会取悦。他不会害怕，不会哭泣，更不会嫉妒。他没有任何情绪波动。我要的是一个活生生的人，一个不完美有缺点但是有激情、有欲望、有冲动的人！"他收到了她声调高亢激动的语音。她很少直接发语音，更从未对他如此大声。

他怔住了，心脏依旧左冲右突，似乎马上要冲出心房。

"还记得我们都喜欢的那段电影台词吗？星星是完美的，雪花是完美的，可我们不是完美的。我们来到这儿不是要让事情变得完美，我们来到这儿是要毁灭自己然后心碎，爱上错误的人，然后死亡！"她的声音渐渐低沉，直至饮泣。

他的心一阵阵抽搐。死亡！如果爱能在死亡中重生，他宁愿选择死亡。

屏幕那头，像死了一样，再也没有发出任何讯息。

他跌坐在椅子上，一动不动，仿佛失了魂魄，他感到心慢慢空了，有种东西正从他的身体里一点点流逝。许久，他艰难地直起身，想起今天还没有看星星的记录。看完后，他为自己的懦弱和冷酷深深地羞愧和自责。他赶紧拨了她的电话。关机！他给她发微信，打语音电话，都没有任何回复。

他突然有一种不祥的预感。

他拨了李大志的电话。

"什么事？"是大志惊讶的声音。他从未主动给大志打过电话。

117

"孟雪联系不上，手机关机，我怕她出什么事了。"他急切道，又深吸一口气，接着道："去她家看看，如果她不在家，去聆音酒吧找找。"

"啊！她怎么啦？"

"赶紧去吧。"

"我马上过去！"大志挂了电话。

他暗暗祷告，祈祷她安好。甜品里的安神成分渐渐发挥作用，他在疲惫和不安中渐渐睡着了。

不知道过了多久，他的手机响了。他一个激灵爬起来，抓起身边的手机。

"孟雪没事了。幸好你打来电话。我在聆音酒吧门口不远处找到她，刚下过雨，路滑，她摔倒在路上，晕过去了。我把她送到医院，现在没事了。"

"什么？她摔伤了吗？伤到哪里？是不是出了很多血？"他颤声问道。

"头上缝了几针，还好没有伤到要害，也没有伤到脸。"大志的声音低沉沙哑，他一定忙活了一晚上。

"拜托你好好照顾她，谢谢了！"

"别客气，我乐意。"

悬在半空的心终于落了地，但他随即陷入深深的痛悔之中。

"星熠，你等一下，孟雪的父亲说要和你通话。"

他呆住了，还没有想好是否要接听，电话那边传来一个浑厚的男中音。

"简星熠，你好。我是孟雪的父亲。能听到我的声音吗？"

118

"可以。"他低声应着。

"我很高兴孟雪能遇见你，那是她弥足珍贵的爱情。我也大致猜到你们之间的问题。"他的声音略显焦灼，又隐隐透出一丝严厉，简星熠的心一阵阵紧张地跳着。

他接着沉声道："如果不能在一起，就放手吧。爱从来都不是占有，而是奉献和成全。我想，你也希望孟雪幸福吧。"

"当然。"简星熠脱口而出。他双手交叉紧握，牙齿紧咬下唇，双眼死盯着手机屏幕。

"你知道她的画稿没有如期完成吗？你知道她因为算错了重要的财务数据而被迫辞职吗？因为她每天都失魂落魄，每天都在甜蜜和痛苦中煎熬。我知道你希望她幸福，也希望她永远记住你。可是，爱从来无须铭记，因为它已流进血液，沉入心底。"

"对不起，我不知道会这样。"他嗫嚅道。他的胸口阵阵锐痛，牙齿紧紧咬着下唇，他想让肉体的痛苦减轻心灵的痛楚和悔恨。

"记忆也是应该遗忘的吧。带着那么多爱的记忆生活，是不是也是沉重的负担。"

他的下唇已经咬出了血，他轻声道："对不起，我不会再打扰她。"

"谢谢你！孟雪爱着你，但她应该有新的生活。我也祝你生活幸福。"他说完挂了电话。

他放下电话，发现自己大汗淋漓，背心已经湿透。他脱下衣服，擦干上身，换上干净的衣衫。

窗外，浓雾弥漫，夜像一张网，将他紧紧罩住。

他起身，出去洗了一把脸，回来，盘腿坐在床上，嘴里念念有词，低声背诵《金刚经》。

"我相即是非相，人相、众生相、寿者相即是非相。何以故？离一切诸相，即名诸佛。"

"须菩提，又念过去，于五百世作忍辱仙人，于尔所世，无我相、无人相、无众生相、无寿者相。是故，须菩提，菩萨应离一切相，发阿耨多罗三藐三菩提心。不应住色生心，不应住声、香、味、触、法生心，应生无所住心。若心有住，则为非住……"

念完，他感到从未有过的轻松与安然。雾气逐渐散去，晨曦从薄雾中洒落。

他打开电脑，开始操作。

不知道过了多久，他的手机振动了，他知道是大志的来电，没有理会，继续埋头工作。大志的微信头像不停闪烁，他一定是急到抓狂。他点开，几条信息像鱼儿从结网里挣脱，迫不及待地跳到他面前。

你是不是想销毁星星？

我不同意！

孟雪更不会同意！

目前每个人工智能的生成和销毁都需要他和大志的双重签名，他正在修改系统设定，改成销毁星星只需要他一个人签名。他只剩一个步骤就可以完成了。

那只精灵般的小鸟又跳上窗户，落在窗沿上，来回踱步，时不时转头望望他。他知道它在和他打招呼，他朝它点点头。

"既然无相，又何必执着于一个虚拟形象。让爱永生的不是占有，而是放手。"他点了发送。

"星星是你送给孟雪的，她有权决定去留。你等一下，我去叫孟雪。"他可以想象大志焦灼的眼神和匆匆离去的步履。

小鸟飞进房间，在屋子里振翅翻转。它时而落在地上，时而跳上桌子，时而翅膀紧贴着墙壁，时而又蹿向天花板。过了一会儿，它扑扇着金黄色的翅膀，洒着金豆子般的歌声，飞出了窗外。

既然可以飞进来，也应该可以飞出去吧。

他的手机又动了，是孟雪的电话。

他回到电脑前，按下了"delete"键。

第五章

那温柔秘密深藏在我的心底，

永远孤寂，永远见不到光明；

你的心呼唤，我心潮才会涌起，

一阵战栗，复归于原先的寂静。

我全部的要求只是：给我一滴泪，

对爱情的头一次、末一次、唯一的酬答。

——拜伦《那温柔的秘密深藏在我的心底》

一年之后。

阳光明媚的清晨，孟雪吃完母亲给她准备的品种丰富的早餐，穿上她最爱的酒红色的连衣裙，准备出门。

她朝母亲莞尔一笑："一起过去嘛，父亲也在，他一定很高兴见到你。"

母亲撇撇嘴："我才懒得和他见面呢。"

孟雪挤挤眼道："可惜呀，错过这么好的出名机会。要是看到美少妇从画里走出来，不知道多少人要抢着合影了。"

"再耍贫嘴，要迟到了。"母亲嗔道，脸上却流露出少女般的得意和娇羞。

孟雪扮了个鬼脸，脚步轻盈地走出房间。她驱车来到城郊一栋大房子前。过去的一年，她几乎每天都来到这里。曾经的厂房，经过改造装饰，焕然一新，俨然一座创意十足的时尚建筑。

这里是刚落成的"爱情博物馆"。

她走进去，里面是一间大厅，正前方高高悬挂着大屏幕，她的人工智能雪儿正在屏幕里向大家介绍爱情博物馆的由来、馆内布局和使用方法，她满意地微笑了。大厅的左侧，她的小伙伴已经到了，她快步走上前。

"子阳，好久不见。这位是，你太太？"

子阳身边偎依着一位漂亮高挑的姑娘，她穿着曳地长裙，肚子微微隆起。她一手挽着子阳的胳膊，一手轻轻摸着肚子。

"是的，她叫袁淑静。淑静，这就是大名鼎鼎的绘本画家孟雪，也是爱情博物馆的缔造者。"

"哇，好厉害哦。我看过你的绘本书《写字楼里的秘密》，好喜欢啊。"

"谢谢。我只是一个绘本的爱好者和画者，谈不上画家。今天大屏幕会播放我的下一部绘本书里的插画。"

"书名叫什么？"子阳问道。

《为爱告别》"

《为爱告别》，那一定是爱情故事了。老公，我们这次也要为爱告别了。"淑静说完，又往子阳身上靠了靠。

"过几天你该去加州待产了，保姆、厨师都安排好了，再往后拖，坐飞机就不好了。"子阳用手拍了拍淑静挽着的胳膊。

"那你什么时候过去陪我嘛。"

"我这边事情很多，你也知道。去一趟加州，至少得两周。等你生了我再过去。"

"什么？要这么久？"淑静微微蹙起眉头，噘起嘴巴，做生气状。但孟雪看出她只是在撒娇，她应该早就预料到丈夫不能陪自己待产了吧。

"听话。有要求告诉我。"子阳轻轻抚摸着淑静的手。

"哎，你们再撒狗粮，我要走了。不过"，她停了一会儿，看着子阳，认真道："子阳，真得好好感谢你，你才是爱情博物馆的缔造者。"

"哪里的话，我只不过提供了一块没人要的厂房和启动资金，博物馆从创意到完成，都是你推动和实施的。只是可惜，父亲看不到了。"

"我很遗憾。记得陈先生的物品已经放进来了，希望有缘人能看到，弥补他的遗憾吧。"

"我相信会的，这也是父亲支持建爱情博物馆的原因，算是完成他的一个遗愿吧。"子阳说完，不经意瞟了门口一眼。

一位戴墨镜的中年女子正拾级而上，款款而行。子阳睁大眼睛，目光追随着她。她进了展厅后，东张西望，似在找寻。

"淑静，你先自己看看，我招呼几个朋友。"待淑静离开后，他又低声对孟雪道："我过去一下，那是我父亲的情人。"

他走过去，和她打招呼。她的脸上浮现出惊喜，她摘下墨镜，和他握手。那是一张有着岁月痕迹但依然生动清丽的脸。

一别经年，再回首时，曾经爱过痛过的人，如今阴阳两隔，此生不复相见，不知她心里将如何喟叹。

孟雪转身，看到大厅的另一侧，父亲带着几个文化界的名人在观看。父亲是爱情博物馆的设计师，所有设计都是他免费做的。父亲还争取了市政府对这个文化创新项目的支持，父亲把自己的一些作品，包括母亲的画像，赠予博物馆。母亲一定会过来看的，虽然不是今日。

李大志呢？他可是今天的主角。她扫了一眼大厅，在她斜前方不远处，李大志和方丽云正在交谈。促使孟雪产生爱情博物馆的创意，正是一年前那个清晨，简星熠销毁了星星，孟雪痛不欲生。星星是她和简星熠的最好连接，没有了星星，她对简星熠的无尽思念只能深埋心底。

有多少人的爱情，不是留着遗憾或伤痛呢？

爱情灿烂而短暂，爱意味着告别。然而，爱也是永恒的，即使分别，也要心存感激和爱意。

是不是可以有这样一个地方，储存人的思念和爱情，让有缘人目睹，也让时间见证。也许千百年之后，人与人之间的爱情就消失了呢？

　　建一个爱情博物馆！

　　当她把创意和大志交流之后，大志击节赞赏，并且提出加入人工智能元素，两个人一起完善了诸多细节。爱情博物馆的物品可以对外展示，也可以选择储存，只让特定的人看到。在爱情博物馆储存或展示物品的人，需要缴纳一定费用，同时他们都将免费获得自己2.0版本的人工智能。爱情博物馆对外开放之前，小范围众筹了一批社会资金，而方丽云，正是投资人之一。

　　孟雪朝他们走过去。

　　"谢谢你今天过来。"她朝方丽云微笑道。

　　"大馆长客气了，我早就盼着这一天了。"方丽云笑道，她亲热地拍了拍孟雪的肩膀，"开幕式之后，去我新买的别墅开庆功宴？我已经请了大厨上门，还有珍藏了多年的红酒。"

　　"谢谢。抱歉，我已经有安排了。"孟雪已经有一年没见到丽云了，她还是那么娇俏活泼。只是，孟雪心里明白，不是每个人都值得你花时间。

　　朋友和恋人一样，只有三观一致、意气相投，才能走到一起。

　　她转向大志，调侃道："李总今天这身行头很精神哪。"

　　大志扭扭脖子，拉了拉领带，咧着嘴说："还真不习惯，我都热出汗了。"

"和活动策划方碰头了吗？都准备好了吧。"

"刚问过，说都准备好了。"

"好，你再检查一下。"

"好嘞。"大志反身朝里而去。

"李大志！"孟雪叫了一声。

大志回过头，嘴巴微张着，眼中尽是惊喜，孟雪突然觉得他傻笑的样子像个孩子，她快步走上前，对他挤挤眼说："你过来。"李大志凑近她，一脸发懵："什么事？"

"是不是早上没刷牙，昨晚的菜叶还留在牙缝里。"

"不会吧。早上明明刷了呀，还照了镜子。我现在去洗手间看看。"大志说完，转身欲走。

"逗你的！"孟雪哈哈大笑，大志嘴里有颗牙齿被蛀空了一点，乍一看像黑黑的菜叶。

"好你个孟雪，什么时候学坏了。"大志也笑了，他给了孟雪一拳，快活地说："我先去忙了。"

孟雪看着他的背影远去，抬头又望了一眼大屏幕，上面正在展示她的画作——《我想和你虚度时光》。一对璧人，相拥着凝视夜空。孤寂的星星，照耀着空阔苍茫的雪地。

"都来了，只有你不在。你在哪里？你一直在看着我吗？"

她深深吸了口气，看了一眼屏幕上的时间，还有十分钟，开幕式就要开始了。作为主持人，她还需要再准备一下。

她轻轻敛了敛裙摆，转身向大厅深处走去。

千里之外，无明寺。

一个着灰色僧袍、高挑瘦削的身影从禅房走出来，他站在树下，眺望南方，那里是无尽的苍茫山峦。

"无明所系，爱缘不断，又复受身。"他喃喃念道，双手合十，闭上眼睛。

慢慢地，他的眼角溢出一滴泪。

完美人设

金秋九月，北方已是桂花飘香、秋高气爽，而南国深圳，依然是灿烂艳阳，只不过，少了夏日的炎炎炙烤。

周一的早晨，程欣如往常一样，春风满面、精神抖擞地迈入自己的办公室。但她知道，今天将会是个不寻常的日子。

淡淡的妆容，稍稍垂坠、灵动又不张扬的珍珠耳环，白底小兰花衬衣，黑色西裤，配一条青绿色皮带，这一切恰到好处地打造出干练得体又不失优雅知性的形象，这正是程欣想要的职场形象。

一路上，她面带微笑地和同事打招呼。大学毕业后，程欣就来到深圳，至今有十五年了。她在智正投资公司成立之初就来了，从投资助理、投资经理到如今的投资总监，一路走来，虽然不乏辛苦，但还算顺利。年轻的同事对她不无景仰，尤其是她的助理小江，是她从母校招聘过来的，对她仰慕的不得了。

处理完一天的工作，太阳快落山了。从办公室的大玻璃窗，可以看到深圳湾的风景。蓝天白云，无尽的海湾，多么美好的日子，她深吸了一口气。

"欣姐，生日快乐！"小江大叫着，推开门，还有一众同事都围过来，把蜡烛和蛋糕放在桌子上，为她唱起了生日歌。

虽然这个桥段持续了十年，也在她的意料之中，程欣还是很感动，她走到桌前，吹熄了蜡烛。

今年是她的本命年。上一个本命年，她有了孩子，并实现了事业转行，从文秘到投资。这一个本命年，又会有什么转折等着她呢？

吃完蛋糕，她请同事出去吃了一顿。回到家，已是晚上九点。

如她所料，他还没有回来。她坐在客厅沙发等他。

十一点，他开门进了房间，看见她，点点头，准备进里间。

"今天是我的生日。"

"哎哟，抱歉，开了一天会，把这事忘了，晚上又陪王总和客户吃饭。"他回头看了她一眼，并没有停下脚步。

"周六下午有文文的钢琴演出，你有时间去吗？"

"我忘了，周六我约了客户打高尔夫，你去吧。"他已经进了房间，并未回头。

一切都在意料之中，她叹了一口气。

她在沙发上坐着，闭上眼睛，一动不动，往事如潮水般袭来。她要做一个决定，不能再等了。她深深地呼吸，平复自己紧张的心情。然后，她站起来走到他的卧室门边，他正靠在床头闭目养神。

"我想和你谈谈。"

"怎么了？我都躺下了，有什么事明天再说吧。"他有点不耐烦。

"就几分钟，我在外面等你。"她说完，扭头走了。

几分钟后，他趿着拖鞋，眯着眼睛，懒洋洋地出现在她面前。他一屁股坐下来，她下意识地往旁边挪了一下。她已经不习惯他们之间那么近的距离了。

"有考虑过我们之间的问题吗？我说过多次，最近的一次是上个月。"

"有什么问题，谁家不是这么过。"他撇嘴道，揉着发困的眼睛。

"你一周在家吃几次饭，你有多久没有陪孩子了。还有……"她咬了一下嘴唇，低下头轻声道："还记得上次我们做爱是什么时候吗？四个月了。三个月没有夫妻生活就是无性婚姻。"

他愣住了，张着嘴巴，翻了一下眼睛，"每天累成狗，晚上睡觉都梦到工作，为了这个家打拼，哪有心情和体力。体谅一下吧。"

"这个家已经不缺钱了，缺的是你的爱和陪伴。我们沟通过很多次，但你有你的想法。或许分开一段时间，可以让我们冷静地思考，想想什么是对自己最重要的。"她字斟句酌地说完了她一直想说而等到今天才说的话，紧张的心才略略释然。

"你不是在开玩笑吧？"酒精的力量瞬间散去，他瞪着一双发红的眼睛问。"老张和他老婆都两年没有夫妻生活了，还不照样过。别人都能过，为什么你不能过？"

每次沟通，最后一句"别人都能过，为什么你不能过"就让她无法还击。因为她知道，只要一还击，必是刀光剑影、血流成河。

"我在外面租了房子。我想，搬出去住一段时间，可能对我们的关系，更好。"她继续缓缓道，双手交互紧握，盯着前方，并未看他。

"好，好！"他盯着她，咬牙道，"既然你决定了，我也只能接受。希望你以后不要后悔！"

"文文每周五晚上回来，我会过来，这件事，先不要让她知道。"她说完，起身进了自己的房间，掩上门。曾经的那个白衣少年，还会再回来吗？她在心底长叹。

二

程欣所在写字楼的对面有一家"云星客"咖啡屋，她的大多数工作时间可以自由支配，不忙的时候，她会约朋友在那里喝下午茶，有时也会约私交不错的工作伙伴去那里谈事。

今天，她要等的，是她的闺蜜吴慧。这样的约会，她们持续多年了。

程欣和吴慧在江城大学时就是死党，程欣女神范儿，追求者众多，吴慧不漂亮，且大大咧咧，被称为"女神经"。就像每个成功的女人后面都有一个男人一样，每个女神后面都有一个铁粉女神经。女神经负责传递女神和追求者之间的信息，女神经负责在女神忧伤苦闷时，随叫随到，送温暖，排忧解难。

在美女才女如云而男生稀缺的文学院，吴慧普通得不会有本院的男生多看一眼，除了因为要找程欣而"曲线救国"。吴慧整天往计算机学院跑，对计算机一毛钱兴趣也没有的她选修了几门课，连 C 语言、Java 这种专业编程课她都报了。功夫不负有心人，几门课啃下来后，勾搭上了一个实诚的理工直男小姚，长得还不错。文学院的女生纷纷对她刮目相看了。

吴慧大学毕业后去了江城的一家大型国企做文宣，硬是把要去深圳的男友留在了江城。几年后，小姚架不住去深圳的同学传出来的各种喜讯，也闹着要去。闹了几次，终于摆脱吴慧的"魔爪"去了。吴慧也只好在而立之年带着儿子来到深圳，夫唱妇随。小姚同学成长为老姚大叔，头发年年递减，收入年年递增，当然深圳的房价也年年看涨，且涨得更快。虽然错过低价买房的时机，但终于在房价快速高涨前买了一套市区 100 平方米的二手房，也算是过上了幸福的中产生活。

有房有孩有老公，吴慧对生活别无他求。她在深圳一新媒体公司找了一份做编辑的工作，这家公司为众多自媒体平台提供内容和营销服务。以吴慧的能力和才华，对她是轻车熟路。但她无心向上，老板让她当总编她都不干。她乐得清闲。接送孩子、辅导作业，买菜做饭、拾掇家务，看小说、追剧。她要忙的事情太多了，工作累死累活，图什么呢，也就多三千块而已。现在请个钟点工，一个月都要两千块。

程欣觉得，吴慧才是人生赢家，自己那点道行，算什么呢。

程欣点好了饮品，吴慧到了。她素面朝天，穿着几年前买的一件褐色暗花的宽松连衣裙，乍一看，像孕妇。

"又不涂口红，连衣裙也扎个腰带啊。"每次见到吴慧，程欣都不忘苦口婆心劝她捯饬一下。程欣去菜场买个菜都要涂口红的。

"没钱。美女是一枚行走的人民币，所以你是女神，我是女神经。"

"好吧，你要为自己的懒惰找理由我也没办法。"

"你真的和陆一鸣分居了？你放他出去，有多少女孩打破头追他。"吴慧迫不及待地问。

"唉！"程欣长叹一声，"我也很纠结，不知道该怎么办。目前的生活不是我想要的，沟通也没有用。或许分居可以促使他思考，家庭和金钱，哪个重要。"

"你这着棋很险呢。万一他分居期间看上了别人呢？你们可能就要离婚了。"

"如果有一个人能焕发他的激情，如果有一个人更适合他，我也认了。"

"你还做投资呢，比我这码字的还不理性。要骑驴找马呀。陆一鸣虽说不管家事，至少还能挣钱，也没有在外面搞事。你离开他能找到比他更好的？现在30多岁的优秀男性，哪有几个单身的？40多岁离异的，要找更年轻的。20多岁的，也不会找比他大那么多的吧，就算人家看上你，你会要吗？都不在一个层面上。"

"那也未必。"程欣若有所思道。"给双方一些空间和机会，未必不好。至少目前，我们都不是彼此想要的。如果一直不能达成共识，何必要绑在一起。"

"到时候撞得头破血流，可别怪我没提醒。"

"生活不就是可劲儿折腾嘛，至死方休。"程欣扮了个鬼脸。

"好吧，你准备怎么折腾？"

"不知道。"程欣耸耸肩，无奈道："这几年除了工作，心思都扑在文文学习上，对外面世界真的不了解。现在她的学习不用我操心了，有没有好玩的给介绍一下。"

"你想要什么样的，如今人民群众的娱乐生活前所未有的丰富，欣赏电影的，学诗词，学画的，学跳舞的，运动健身，读书会应有尽有。"吴慧在新媒体工作，对社会热点和各种娱乐活动都了如指掌。

"去年我们公司团建的时候，请了话剧社的老师给我们上了一次课，挺有意思的。"

"话剧！对呀，忘了当年你可是学校话剧社的当家花旦。"吴慧笑道，"有一个话剧社，在我这发过推义，每周末都有体验课。我发给你看看。"

程欣打开吴慧发过来的推文，"'最少年'？有点意思。周日下午，正好文文走了，可以去体验一下。"

周五，不到下班时分，程欣早早回到南山区的家里。让她略感诧异的是，陆一鸣正坐在沙发上看书。她打了声招呼："今天这么早下班，没有饭局了？"陆一鸣略微欠一下身，尴尬应道："不是今天文文回来嘛。"

程欣心想：以前文文天天都在家，也没见你在家多吃一顿饭。她想和陆一鸣说点什么，但一时无话，犹豫了一下，还是走进了自己的房间。

钟点工做好晚餐，走了。文文也坐校车回来了。

吃饭的时候，刚进新学校开始住校生活的文文，一直都在叽叽喳喳，既兴奋又开心。他们也为女儿感到高兴，不时附和着。"哇，这么好。""哇，太棒了。""文文真不错。""来，多吃点。"他们心不在焉地听着，却做着夸张的表情，说着热烈的话语。他们彼此互相偷偷瞄对方，揣摩对方的心理，却不敢和对方的眼睛对视。终于，晚餐结束了，女儿拉着妈妈陪她到小区散步，两人都似长舒了一口气。

周日中午，把女儿送上校车，程欣回到家里，发现陆一鸣已经离开了。她以为他会找她说话，然而并没有。也难怪，他那么骄傲的人，碰到这种事，该多丢面子啊。程欣在心里叹道：可是，这事能怪我吗？

她站在客厅，环顾她住了五年的房子，每一件装饰和家具都是她去买的，烈日下跑遍深圳的装修建材市场，和商家讨价还价，和设计师彻夜沟通，和装修工人吵架，一点一滴，才有了这个温馨舒适的家。如今，她要亲手打碎它吗？

她叹了口气，她不允许自己继续伤感。好不容易做的决定，她要维护和珍惜。

她匆匆逃离了这个家。

她来到了吴慧给他介绍的"最少年"话剧社。

三

在南山城区的一条偏僻小路，一座不起眼的三层旧厂房改造的楼房里，程欣找到了"最少年"。在深圳，这个每平方米平均房价五万以上，有着中国最有活力的经济和最快节奏的城市，居然还有人在办话剧社。这能赚钱吗？

程欣怀着好奇，走近房间。外面没有招牌，里屋是一间四五十平方米的空房，铺着地毯，一边墙壁是落地大镜子，两侧放着几张桌椅，有几个人坐在地上，有几个站着聊天。

一个年轻人微笑着向她走来，他一身黑衣黑裤，脸却是白白净净的。这不就是"他"吗？虽然她不记得他的名字，但那双乌黑清澈的眸子印象深刻。

"是你？"他的眼中流露出惊喜。"当时看到报名的名字，我还在想，是不是你呢。"

他记得我的名字！程欣心里掠过一丝惊喜，她点点头，"好久不见，上次你的课教的挺好，所以我又来啦。"她笑道。

"谢谢支持啊。先签到，马上就要开课了。"

程欣走进里屋，年轻人递给他纸和笔。程欣填好后交给他。"今天要上的体验课，和之前你上的略有不同。那次是从公司团建角度出发，信任练习、团队合作占了较大比重。今天会是一个对话剧的全方位体验。如果觉得有趣的话，可以上正式的培训课，两周后开课，一共八次课，优惠价800元。"程欣在心里轻呼：这么便宜。她的数理思维马上快速运转。单人单次100元，如果有20个人上课，单次课的毛收入就是2000元，如果场租1000元，不算话剧社留成，那老师一次课，下午4个小时，也就拿1000元，如果不到20人，1000元也拿不到。哎，做艺术真是清贫。

这一系列脑力快速运转，也就几秒钟时间。程欣继续道："这个价格，倒是很吸引人，你们这样，能赚到钱吗？"年轻人咧嘴一笑，露出一排整齐好看的白牙，"能不亏就不错了。我们几个都是兼职的，专职做，肯定养不活自己啊。""那你是做什么工作的？""我在一家软件公司做销售。""哈哈，深圳人不是金融狗就是程序猿。""是啊，金融和科技公司最多。"他也笑了。

这时候，又有其他同学进来了，他过去招呼。

程欣想起来了，他的名字叫林然。

程欣目测了一下，来的同学都是90后、95后的，她应该是年龄最大的。80后的，都在忙拍拖、忙工作、忙孩子，有几个有闲时闲情来玩话剧呢。"老夫聊发少年狂。"她在心里自嘲。

下午4个小时的体验课，程欣体会到前所未有的快乐，忘我、放松、极致、纯粹、激情迸发、脑力激荡。

虽然大学时演过话剧，但毕竟是十多年前的事了，而且那时候，老师只是过来指导怎么把握人物心理，怎么念台词和走位。今天，更多的是表演的全方位感受，同时体验即兴话剧的魅力。这是一种全新的体验。

林然说，每个人在社会上都有各种"标签"，但成为一个演员的时候，必须要忘掉这些，恢复到人最本来的面目。一个瓶子只有先倒空了，才能装东西进去。如何"倒空"，先从放松身体开始。

解放身体才能释放天性。

他先让大家围成一圈，把手掌搓热。身体热身之后是热身五官，把五官放到最大，再收到最小。

接着，开始走路练习。慢走、快步走、疾停疾走；各种姿势变换走，比如迈开腿阔步走、手也要大幅度摆开；有时独自行走，有时又要几人一组，还要避免撞到一起。

接下来老师让学员打拍子，打几拍不重要，重要的是要有自己的节奏。此后是进阶，在上一个学员的拍子中加入自创的新拍子，形成合奏。节奏越来越复杂，大家越来越投入，"入戏"了。

身体打开之后，是情绪练习。老师引导学员用声音传递情绪。用一个"啊"字，表达喜怒哀乐，再稍加辅助肢体动作，加强情绪的表达。

笑说和哭说练习。一个学员想一个好笑的话题，边说边笑，笑声不断，同时要带有强烈的动作和表情。哭说练习，边哭边说。

情景训练。如果面前有一张椅子，会发生哪些活动场景。它可以是公园的长椅，也可以是家中的沙发，或者咖啡馆的座位，或者审讯室里嫌疑犯的位子……

各种各样的游戏，应接不暇。大家玩得很嗨，爆笑不断。最好玩的，是最后的限时命题作文。学员被随机分成3~4人一组，老师给出"喜怒哀乐"四个字，从中任选一个，表演一个3~5分钟的短剧，10分钟时间准备。

程欣和同学迅速聚拢开始讨论。"赌博最能考验人性，可以切入这个话题。"一个男生说。"嗯。"程欣沉吟道："电影里有赌赢后战利品被同伴全部侵吞的情节，可以设计两个好友共同下了一注，赔率很高，赢了大钱，但拿到钱的一方不想给对方钱了。""然后他和好朋友开始争吵。"一个女生说。"结局呢？""结局就是他们争吵后戛然而止。""不行，一个故事，即使再短，也要有主题。这个故事想要表达什么呢，仅仅是怒吗，没有意义。"程欣道。几个人都不作声了。"在故事里，作恶要受到惩处。赌徒拿了全部的赢钱后又去赌博，最后不仅输光了盈利，连本金都输没了。"程欣道。

"这个创意不错。"不知何时，林然出现在她身后，他轻轻拍了拍她的肩膀，"接着往下走。"

最后他们的短剧在五个短剧中被林老师评定为最佳。

课程结束了，大家意犹未尽。林然召集晚上有空的同学一起吃饭，众人蜂拥着来到附近一家风味鱼店。这几年盛行鱼火锅，将各种菜放在鱼里一锅炖，既美味又营养。

林然还未落座，就被几个小女生叫到旁边去坐了。她们一口一个"林老师"，娇俏含笑，让人无法拒绝。上课时，程欣就发现好几个女生对林然颇有好感，做游戏时，不断找林然要求指导。也难怪，年轻帅气的小伙，自然会受女孩关注。何况，深圳又是一个女多男少的城市呢。

火锅上来了，热气腾腾。十个人要了两锅，一锅辣的，一锅不辣的。林然说他吃不了辣的，和程欣旁边的男生换了位置。

"今天的课你表现不错啊，比上次还要好，上次是公司活动，有点放不开吧。"

"是啊。大学时在学校话剧社演过呢。"

"我说呢。两周后的正式课，过来上吧？"

"可以考虑。话剧社的名字是你起的？"

"对呀。每个人都有一个少年梦。我希望无论什么年龄的人，都能在这个舞台上实现自己的梦想。"

"'慈恩塔下题名处，十七人中最少年'。口气不小嘛，你也喜欢诗词？"程欣笑道。

"呵呵。"林然不好意思地摸摸鼻子，"被你看出来了。现在读的少，见笑了。"

"我也是，只有零碎时间翻翻了。有个应用程序西窗烛，很不错，诗词古文荟萃，查阅方便，还可以建立自己的诗单，和诗友互动。"

"好啊，你发给我。刚加你了，通过一下。"

程欣打开手机，看到通讯录上有好友申请提醒。她点开微信里的设置，将朋友圈从三天可见，改为半年可见，然后，打开通讯录，通过了林然的好友申请。

"通过了。"林然说。他放下手机开始夹菜。

程欣发现，林然坐下后，他的身体一直是呈 30 度角侧向她的，他的膝盖也是朝向她，而不是正前。虽然他并未碰到她，但她感觉他靠她很近。而刚才那位换过去的男生，身体一直都是正正地朝前，即使和她说话时也是这样，胳膊离她的距离，在那么狭小的空间，也隔着两个拳头。

　　吃完饭，大家在餐桌上玩"狼人杀"。她和林然有了更多的默契，谈笑间，似乎手臂有意无意地触碰。

　　十点了，准备撤了。

　　"你住哪里？"林然问她。

　　"福田。"

　　"我也是，你怎么回去？"

　　"我开车，你呢？"

　　"我坐地铁。"

　　程欣没有邀请他坐她的车，她不想让他看到她的车。来的时候，她就把车停在院子后面了，这样就不会有人看到她上下车。这里来的都是正在为理想奋斗、一穷二白的年轻人，你开个宝马 X5，像什么样子呢？程欣不想让人看出她和他们之间的距离。

　　程欣开车行驶在入夜的深南大道，灯火如昼，繁花似锦，她一边听歌，一边回想着下午和晚上的情景。她笑了。

　　同一时分，林然坐在地铁里，他拿出手机，点开程欣的朋友圈，他看着，也笑了。

四

程欣照例周五晚上回来，周日下午离开。她和陆一鸣之间也恢复了交流，工作是他们的主要话题。

"下周要一起去上海。"陆一鸣告诉她，上海有家上市公司，大股东也是总经理的赵总，有一笔资金想做委托理财，同时上市公司本体有意收购医疗器械类公司。陆一鸣和上司王总过去洽谈委托理财业务，程欣和上司冷总则商谈是否可能将已投的医疗器械公司卖给上市公司。

各取所需。

陆一鸣在一家公募基金公司做基金经理。大学时，他就是院学生会主席，多个社团的负责人。他聪明、勤奋，有着农家子弟的坚韧和踏实。毕业后去了一家券商，从底层经纪人做到营销主管，后来从券商跳槽到公募基金管理公司，从分析师做到基金经理，职业履历完美顺利。

"好的。"程欣应道。这不是第一次他们四个人一起出差了，她知道这其中的玄机。

"这单业务如果做成了，不仅收益不错，你在公司的地位也会加强。你们分管投资的副总马上要离职去加拿大养老了，你和周笑天，会有一人出任这个职位。这次收购是一个加分项。"

陆一鸣对智正公司的事，比程欣还熟悉，她已经习惯了。不过，她还是问了一句："你怎么知道，冷总说的？"

"大家都知道，就你不知道。你上点心，周笑天那人，不好对付。"

想起周笑天，程欣有点头大，她赶紧噤声。

周一上班的时候，冷总叫程欣去她的办公室。

冷总是公司的总经理，也是程欣的伯乐，来智正之前，程欣报读了金融学的在职研究生，在一家小公司做投资经理，冷总把她招进这家大公司，实现了程欣事业上的转折。程欣感激她、敬重她，同时又有点怕她。冷总的"冷"，不是表面上的。她有亲和力，说话不快，声音也不高，脸上总挂着得体的微笑。但她身上有股气场，不怒自威，让程欣不敢靠近。她经常和程欣拉家常，问她家庭的事，但程欣从来不敢问她，她也从未主动提过。关于她的家事，程欣还是从小江那知道的。她有一个儿子在国外念大学，老公曾在一家国企工作，提前退休了，满世界游玩。而冷总，50多岁了，还废寝忘食、夜以继日地战斗在工作第一线。工作是她的精神寄托和价值体现吧，程欣想。

"明天我们去趟上海，有家上市公司想收购医疗器械公司，看看我们投的康健得是否符合他们的要求。另外，晨新公司的王总和一鸣也去，他们去上市公司洽谈委托理财业务。这个项目，还是一鸣介绍的呢。"

"哦，好的。"程欣浅笑道，她知道陆一鸣给公司介绍了好几个项目。

"另外，小江这两天还要接待客户，不用带她了。"

"知道了。"程欣略感尴尬。上次她和冷总一起去北京看项目，小江央求着要去，说自己长这么大还没去过首都，程欣想她历练一下也好，就带她去了。她们在机场碰面时，冷总一脸不悦。程欣后来才明白，晨新公司的王总也去时，她不能带其他同事。

从冷总办公室出来后，程欣在走廊遇到了周笑天。"程大美女，又有什么大项目要做了？"周笑天笑着问。程欣在心里暗骂"笑面虎"，脸上却堆起笑容。"哪有，周总见笑了。周总今天穿这件蓝衬衣很精神呢。"

在智正公司，程欣最不愿见到和打交道的人，就是周笑天。可是，又和他抬头不见低头见，还得赔着笑脸。

"是嘛，多谢多谢，程大美女才是越来越漂亮了。"周笑天乐呵呵地走过去了。

第二天早上，也是巧了，程欣和陆一鸣一前一后赶到机场，冷总看到他们，笑道："你们夫妻俩还都有不同的专车啊。"陆一鸣马上应道："这不是得分开报销嘛。"

因为飞机晚点，一行四人到达上海时，已是下午了。陆一鸣在酒店办理入住时，冷总打趣道："你们俩住一个房间吧，公司也好省点差旅费。""那怎么行。"两人同时脱口而出，又都马上噤声。一会儿，程欣笑道："那这一间房算哪个公司的呀？""自然是晨新公司了。"冷总含笑道，抬眼看着身边的王总。

王总宽厚地笑笑，并不作答。

玩笑归玩笑，二人还是登记了不同房间。冷总和王总说约了朋友谈事，明天上午见赵总。

两位老总离开后，酒店大堂只剩下他们俩，"下午有事吗？"陆一鸣问程欣。"没事。""一起坐坐吧，我和你说说这次的收购，那边有个咖啡厅。"

他们来到酒店一楼的咖啡厅，点了饮品。陆一鸣告诉她，这次上市公司在圈内放出收购信息，很多同行盯着，不可大意。他介绍了上市公司的背景、赵总的喜好、对项目的要求等，程欣一一记住。其实，明天见面主要是冷总谈，而且这也只是双方第一次接触，不会谈得很深入。但程欣知道这些细节和内幕，对她之后做这个项目肯定是有帮助的。

说完了正事，程欣想到一个问题："你说冷总和王总为什么不离婚在一起呢？"

"为什么要离婚，目前他们这样不是挺好吗？有婚姻有面子，又不影响两人在一起。对于这些有钱人，离个婚脱层皮，财产分一半，还有各种社会关系要应付。"

"可是，这样多没意思啊。我相信他们是有真感情的，否则也不会好这么多年。如果真的相爱，能接受一直偷偷摸摸的关系吗？如果是我，有了爱的人，一定要牵着他的手，让全世界的人都知道。"程欣不以为然道。

"你以为谁都像你这么奇葩，连个下家都没有就闹着要分居，还做投资呢。理性人思考边际效益，正常人都会选择经济效用最大化。"

陆一鸣语重心长，见程欣不作声，接着道："即使他们各自破除重重阻力离婚后在一起，刚开始也许幸福，可是，时间久了，还不和之前一样，柴米油盐、一地鸡毛。边际效用递减，伟大的经济学原理在哪都适用，爱情婚姻莫不如此。"

"不一样的，和什么人结婚，绝对不一样的。不能因为婚姻的琐碎庸常而否定爱情的伟大。爱情需要纯粹，他们的爱情，我看不懂。"

"你以为他们之间有多少爱情，更多的是利益罢了。"

你想到什么，就会看到什么。程欣无意再和他争论，她说要回房休息。陆一鸣说晚上约了朋友谈事，不能陪程欣吃饭了。程欣说没事，她自己在附近吃点小吃，然后去江边转转。

黄昏时分，程欣一个人出来转悠，倒也自在。在一家老字号的上海菜馆，她点了一个石头虾，一份蔬菜，外加一碗醪糟汤圆，吃得很舒心。上海的菜分量不大，适合一个人吃。

晚上八点，她漫步黄埔江边，欣赏风景，十分惬意。她拿出手机拍照，看到上面显示有微信，是林然的。"这周日的课你会过来吗？"她盈盈一笑，迅速打出三个字"我会的"，又加了一个笑脸。马上，那边发过来："好嘞，欢迎！"

程欣拍了一张明珠塔的照片，发过去。

"在上海？资本家真会选地方。"

"哈，我这可是为了工作。"

"上海离乌镇不远，乌镇这段时间有个戏剧节，很棒，我去年看过，抽空去一下吧。"

"我也想啊，和老板一起，身不由己，办完事就得回去了。"

"没事，明年我们自己上。"

两人开始谈戏剧，谈大学生活。程欣得知，林然大学是在江城技术学院读的，紧挨着江城大学。大学时为了挣钱，经常去学校外面的"梦马酒吧"唱歌。他还是学校话剧社的负责人，毕业后也一直希望能在民间普及话剧，让更多的人感受话剧的魅力。于是，他来到深圳，这个最有活力、年轻人最多的城市，和几个志同道合的小伙伴创办了针对非职业演员的话剧平台——"最少年"。

大多数时候，都是程欣问，林然回，林然也会问程欣，但程欣总是轻描淡写地带过，说多了，她怕暴露年龄。她和林然，显然不是一个年代的。他才毕业几年呢，做着自己喜欢的事，对未来充满了理想。虽然，在物质上，他很清贫，可是他的精神很富有。而程欣呢，在社会摸爬滚打了十几年，有房有车，有婚姻有孩子，有财有貌有智慧，完美人生，令人羡慕。

可她，为什么还觉得若有所失呢？她到底在希冀什么呢？

这个年轻人，他怎么可以如此看淡金钱呢？他怎么可以一边蜗居一边大谈理想呢？程欣简直是有点嫉妒他了。

五

每周日下午的话剧课，是程欣最快乐的时光。

各种脑洞大开，都让她放松开怀，而课中和林然偶尔的眼神交流，也让她怦然心动。虽然只是匆匆一瞥又马上挪开，程欣总觉得他的眼神蕴含内容。每次课后都会有聚餐，林然有时坐她旁边，有时没有，也并没有和她多说话。走的时候，从来都是自己坐地铁，从未要求坐程欣的顺风车。每次程欣走向后院停车场时，他总会叮嘱一句："晚上开车小心，到家给我微信。"程欣到家后发给他："到家了，你到家了吗？"林然回道："快了，早点休息，晚安。"虽然只是简短的几句，但重复多次，就不由得令人遐想了。每当回到自己简朴而温馨的小屋，捧着手机，看着他的微信，程欣能高兴半天。

最后一节课结束后的聚餐，气氛很热烈，大家都喝了酒。席间，林然谈到12月份"最少年"有一部话剧将会在市里的小剧场公演，他担任导演和编剧，准备在剧社挑选演员，希望大家踊跃报名。几个妹子表示想加入，并说要开始贿赂导演了，纷纷给他敬酒。林然喝得很开心，他看了程欣一眼，似在询问："你不加入？"程欣笑着摇摇头，一来工作忙，晚上经常有事，没有那么多时间排练。二来这些剧的角色都是年轻人，她老大不小的，演什么呢？

饭毕，众人各自散去。林然和程欣最后走。程欣叫了代驾，林然陪着他等。

"你的酒量厉害呀，看你一点事没有。我都晕了。"林然笑着说，他的脸红扑扑的。

"我今天喝得不多，大家都得讨好导演呢，你喝的多。"程欣的脸也红了，不过她知道自己没事，她从不让自己喝醉，而且，她的酒量本来就不错。

"哈哈，难得这么开心。我知道金融高管忙，可能没时间参演，不过，文学院的才女，能不能帮我看看剧本，提提意见？"林然从包里拿出一摞稿纸，递给程欣。

程欣笑着接过："给我送了两顶大高帽，不完成任务是不行了。"

148

这时候代驾来了，程欣领着他走向后院停车场，林然一起跟着。看到程欣的宝马 X5，他并没有像其他初次见到她的座驾的朋友那样各种大呼小叫：哇，豪车啊。哇，你怎么开这么大车？林然眼神平静，也没有任何言语。

代驾上车后，他还是一如既往地叮嘱："晚上小心，到家给我消息。""我会的，要不要送你，顺路。""不用了，我坐地铁很方便，直达。"林然看着她上车，道别，转身消失在夜幕中。程欣盯着他的背影，眼眶有点热。

回去后她迫不及待地翻开剧本。花了一小时仔细看完，又花了一小时认真思考。对于这个剧本，她有了自己的想法，她边想边在纸上记下。

过了几天，程欣才给林然发微信："剧本已读，也点评了，怎么给你？"林然秒回："希望早日看到领导朱批。晚上有空吗，请你吃饭？"程欣应道："好嘞。"

林然思维跳跃、脑洞极大，这个剧本里，有老中青三个有趣的故事，共同阐述一个关于爱情的主题：只有纯粹的爱情，才能幸福和长久。每个故事都很精彩，对白也很有趣，但总感觉欠缺了什么。这三个故事的衔接度不够，它们对于主题的阐述是并列关系还是递进关系？它们之间有没有一个点联系起来？故事之间的内在联系和逻辑关系都需要再挖掘和理顺。

程欣建议，在每个故事里加一些伏笔，让三个故事从不同的侧面去阐述主题，同时又有递进关系。另外，主题可以升华，不仅仅是表达爱情，还可以探讨人生。根据故事的内容，稍加修改和补充，可以传递给观众一个次主题：善良崇高的灵魂才会拥有真挚纯洁的爱情，而丑恶和极端自私的人不配拥有。

当程欣讲完她的看法并且把批注后的文稿递给林然时，林然由衷赞叹："不愧是'才女＋金融女'，思维清晰又敏锐，你提到的问题，我也考虑过，但实在想不出好的解决方案。你的思路，正中要害。看来找你改剧本真是对了。来，干一杯，谢谢你！"

"这么奇妙的故事，我是想不出来的。你的才华和想象力，不是我这种整天看商业计划书和财报的人能有的。话剧什么时候公演呢？预祝演出成功！"程欣端起酒杯。

"谢谢！12月演出，你一定要来哦，这里也有你的功劳。"林然的眼睛亮晶晶的，微红的脸颊，底色是干净的白皙。

"真是年轻。"程欣在心里轻叹，她突然感到胸口微微有点痛。

他们聊了很多。

林然喜欢话剧，是从大一开始的，本来是抱着好玩的心态去的，谁知道一发不可收拾，爱上它了。林然从小就是孩子王，喜欢打架和恶作剧，学业上一直让老师和家长头疼，跌跌跄跄，好不容易考上个二本，也算是给家里人有了交代。学业上他并无多大自信，但演戏，让他有了自信。他的天马行空和奇思妙想，和学霸的严谨思维相左的特质，成就了他在舞台上的洒脱。在舞台上，他就是王。他可以像个国王一般，悠悠然高高端坐于舞台之上，接受着众人的仰望。自信是演员最基本也是最可贵的素质，他在舞台上找回了自我，找到了自信。

毕业后，他对话剧有了更多的认识，他不想让话剧成为自己独享的秘密花园。话剧并不神秘，也许每个人都有一个舞台梦，都渴望释放天性，在舞台上展示自我，即使你害怕登台表演，也可以通过话剧表演课程，解放天性，提升信心，在生活这个大舞台自信地行走。他希望创建一个为非职业演员（素人）提供戏剧体验的平台，让素人通过不同的戏剧课程提高自己的综合能力，同时为有志从事戏剧工作的朋友提供帮助。

"最少年"话剧社由此而生。

"真的羡慕你，能做自己喜欢且适合的事，将自己的个性通过艺术的方式表达出来。"

"是啊，很幸运找到话剧，将自己狂野的一面收敛，在舞台上找到率性的表达。"他给她的空杯斟满啤酒，问道："你呢？喜欢自己的工作吗？"

她沉吟道："谈不上不喜欢吧。运用自己所学，能帮到企业，也能以此谋生，还是不错的。"

"有什么不满足吗？"

她沉思，这个已经想了无数次的问题。加班到凌晨，深夜赶航班，对不开窍的下属一次次指导，和被投企业团队一遍遍沟通，遭到上司误解并据理力争，等等，工作的辛劳，沟通的烦琐，这些都不是问题，只要秉持公正之心。然而，她最怕的是，很多时候并非如此。哪一个项目的完成，哪一次职位的晋升，甚至，一个小小的任务，没有私利和个人恩怨的掺杂呢？你既要小心翼翼，照顾多方关系，谨防被人算计，还要暗中观察对手的一举一动，囤积还击的筹码。

有竞争的地方就有暗算，何况，这种竞争带来的利益，又是如此巨大。有几个人能不为之疯狂，又有几个人能处之泰然？

　　而这，是比工作的身累还要累一百倍的心累。

　　她斟酌道："我喜欢研究，研究社会需要什么，企业如何运转，我也喜欢工作带来的成就感。但我不喜欢其中的尔虞我诈、钩心斗角。"

　　"有没有考虑过写小说或剧本？"

　　"这个？"她面露好奇，不置可否。

　　"你善感而且有控制力，其实你更适合做可以自己掌控又能充分表达自我的工作。你的文学素养很好，只要你愿意并坚持，文学创作对你不是难事。而且，你现在的职业也能为你的创作提供鲜活的素材。"

　　她的心里一动，她不是没想过，只是，"写作能养活自己吗？"她问道。

　　他笑了，"看你的取舍了，其实我们所需的远没有我们想要的多。我们话剧社几个创始人，都住着出租屋，月光族，甚至举债度日。"他哈哈大笑，举起酒杯喝了一大口。

　　她也笑了，端起酒杯，"相逢意气为君饮。我敬你一杯，借你吉言。"

　　"诗酒趁年华。"他续满杯，将杯中酒一饮而尽。

　　他们又谈及电影、音乐、小说。他们时而哈哈大笑，时而微笑沉思。他们惊喜地发现：我说的什么，他／她都懂，他们在对方身上看到自己的投射。这一次次的看见和心领神会，令他们着迷。

外面不知道何时下起了小雨。深圳的秋冬，很少有雨的。

"我想去看看雨。"他对程欣说。

他一头扎进雨里，伸开双手，一边走一边转圈，时而又高举双手，仰起脸接雨。

他们来到中心书城上方的市民广场，这里很开阔，晚上很多人在上面散步、玩滑板、跳街舞，他们的话剧社也曾在这里排练。今天因为下雨，人不多。林然故意走进水洼，跳起街舞，弄得身上鞋上都是水。程欣被他的快乐感染，也收起了伞，和他一起在雨中跳舞。两个人很兴奋，雨水和着汗水，洒落在脸上、身上。

雨似乎越来越大了。他们躲进市民广场中间的篷顶下。林然看着程欣，歉意道："淋湿了吧，都怪我，把你带坏了。"

程欣笑了："有些人能感受到雨，而其他人只能被淋湿。好久没有感受雨了。"

林然也笑了："昔日我曾如此苍老，如今才是风华正茂。"

"没有人是完全自由的，即使是鸟儿，也有天空的约束。"

"一个人要仰望多少次，才能看见苍穹。"

"一只白鸽要飞跃几重大海，才能在沙滩上长眠。"

"一个人要走过多少条路，才能成为一个男人。"林然快活地哼起鲍勃·迪伦的歌——Blow in the wind。

他们在篷顶下避雨，一度靠得很近，一度两人无话。程欣的心跳得厉害，她不敢看他，只敢盯着前方。她似乎在期待什么，但什么也没有发生。林然又开始哼歌了。

雨渐渐停了，夜也渐渐深了。程欣说："该回去了，我住附近，走回去。你呢？"

"我也不远，先送你回家吧。"

林然陪程欣走到小区门口，方才转身离开。程欣踩着轻快的步子回到家中，她在房间走来走去，转圈，跳舞，哼歌，有时又傻笑。她知道自己恋爱了。

因为爱情，你的心会变得轻盈，轻盈得像一片云彩。因为爱情，你的心每天都荡漾着淡淡的愉悦。因为爱一个人，你会爱整个世界。这个世界是多么神奇而美好啊。

这种淡淡的甜蜜的滋味，就是爱情的味道，是她久违而渴慕的。

六

这段时间，程欣心情不错，一个人工作时甚至会哼歌。然而冷总一个急电，打破了她的好心情。

和冷总从上海出差回来后，程欣就着手收购项目。康健得公司聘请智正公司为财务顾问，和上市公司谈判并购事宜。签保密协议，提供标的方的详细资料，接待收购方去标的方做尽职调查，回答收购方各种问题等等。经过一两个月的前期工作，收购方对标的方比较满意，开始进入实质谈判。冷总飞去上海和赵总谈判。

这个时候，会出什么幺蛾子呢？

"康健得退出收购了，这事我都不知道，还是赵总告诉我

154

的！怎么回事？"隔着电话，程欣都能感受到冷总严厉的指责。怎么回事？她也在问自己。

"对不起！我也是刚知道，我了解一下，马上给您回电话。"

程欣叫来小江。小江颇为委屈地说，她周一就把情况告诉程欣了，程欣还说好，知道了。

程欣懵了，她完全不记得有这回事。周一上班她还沉浸在周末和林然一起淋雨的快乐中，还时不时地大声打着喷嚏。难道真的是情场得意，职场就要失意？

她马上给康健得的郑总打电话。

郑总在电话里一个劲地道歉，说应该早点向程欣汇报，康健得公司高管经过讨论，决定还是要把公司做到上市，目前不想被收购。

程欣想他是不是吃错药了，能不能上市这个问题他们早就讨论过一万遍了，现在被收购是最好的时机。康健得做的医疗器械并无多高的技术门槛，现在市场上同类产品不少，他们只不过抢先市场半年而已。因为竞争加剧，未来市场占有量的增长也会减缓。

程欣决定找他当面询问。

当初康健得创立仅一年，就获得智正的天使投资。程欣是该项目投资的负责人，和创始人团队有过多次深入接触，帮他们定规划、做市场、找人才。虽说投资公司是为了盈利，但能做到这份上，不仅投钱，还帮你做事，就很难得了，郑总对程欣也十分感激和尊重。

在程欣的一再追问下，郑总不得不说出实情。上周他收到一封邮件，内容是揭发他行贿某大医院院长的事，并且声称握有证据。不公布这些证据的条件是康健得退出收购。

在智正投资康健得之前，程欣反复和他们强调了这个问题的重要性，郑总也一再保证不会出这类问题。

可还是出了。

关键是，这种隐秘的事情，第三方怎么会知道呢？康健得内部知道此事的人很少，郑总说他的团队绝不会出卖公司。他也问过某院院长，对方一听到这个问题，就把电话挂了，说不知道他在说什么。

程欣无言。一时半会儿也找不到这个幕后黑手，眼下唯有先退出收购。

程欣不安地将这些内容汇报给冷总，冷总冷冷地回了一句"知道了"，就把电话挂了。

冷总回来后，在公司高管会议上批评了程欣，程欣既惭愧又委屈。几个高管不作声，冷总发脾气，没人敢说话，周笑天却替程欣说了几句话。说实话，这事要怪也只能怪程欣没有及时把康健得退出收购的事告诉冷总，导致冷总在赵总面前难堪。但实际上，即使告诉了又怎样，无法挽回收购流产的结局。

虽然对周笑天并无好感，但他在会上帮自己挽回了些许面子，程欣还是向他报之以友善的微笑。

"虽然收购黄掉了，副总的职位你还是很有竞争力的。"陆一鸣鼓励程欣。

"我觉得自己把握不大。"程欣的竞争对手是周笑天，公司另一位投资总监。程欣认为，无论是业绩还是能力，周笑天都在她之上，且觊觎此位已久，更何况，周笑天是董事长推荐来公司的，是董事长的人。

"虽然你的资历比周笑天略逊，不过，你在公司待的时间长，周笑天来公司后做的项目没有你多。另外，周笑天的职业操守是有问题的。"

"哦？有依据？"

"只要做了坏事，总会有蛛丝马迹的。这个先不说，关键是你自己想不想做副总。"

"说实话，我不想太累，目前项目都做不完，如果当了副总，还不累得吐血。"

"我知道，你无心恋战。可是，这个位子你不要，如果周笑天得了，想想你的下场吧，还不被他欺压得更狠。"

陆一鸣不是吓唬她。程欣知道周笑天的为人，她在心里叫他"笑面虎"。他每天都是笑眯眯的，从不生气和训人，还经常和大家开玩笑。每次出差回来，都会带当地的特产给办公室同事，逢年过节在公司微信群里抢着发大红包。不了解他的人都说他好。但是，只要在业务上和他打过交道，就知道他是如何的锱铢必较和会玩手段。

曾经有一个财务顾问项目，本来是冷总交给程欣的，程欣带着手下和对方公司老总谈过一次，对方表示愿意合作。谁知道一个星期后，周笑天和对方老总搭上了，声称这个项目他之前就接触过，但是忘了汇报了。公司每周开例会，各人要汇报自己正在接触的项目，以免撞车。这种明显抢同事饭碗的事，你却无可奈何，因为对方老总也配合他，指定要他来做。后来，程欣听小江说，周笑天私下许诺给对方老总回扣。

小江是程欣的"包打听"，她和周笑天手下的小秦关系很好，小秦喜欢小江，对她的打听自然是知无不言言无不尽。

小秦向小江诉苦，周笑天如何克扣他们的利益。按公司规定，项目实现投资和退出后，项目团队可以获得奖励，而项目负责人在其中的奖励比例最高不得高于60%，因为项目负责人每个项目都会参与，这样也是为了避免项目负责人拿的提成过高，影响其他项目人员的工作积极性。但周笑天在他的团队里每一个项目的提成比例，都超过60%，有的甚至达到90%。

程欣曾经问小江，为什么周笑天团队的人不向公司举报他这种行为。小江说，他做项目之前都和下面人说过，自己要拿多少，你愿意做就做，不愿意做就找别人。因为项目是他找的，或是公司交给他的，下面的人又想做项目，只能任由他欺压了。而且，他也是看人下菜碟的，不太好欺负的，多给一点，老实不争的，就给的很少。就算是被下面人举报，他也可以说对方心甘情愿，公司也拿他没有办法，最多警告一下而已。

职场就是弱肉强食。

若真的让周笑天当了头，自己做他的副手，程欣知道日子不好过，为此她也要争取一下副总的职位。而且，冷总也找她谈过，希望她能胜出。她知道，自己是冷总的人，而周笑天，是董事长的人。

智正公司的大股东是国资背景，董事长是大股东派的，平时并不干涉公司事务，总经理全权负责运营。不过，董事长在董事会里有影响力，可以左右总经理人选。之前支持冷总的董事长把冷总从副总职位扶正后就光荣退休了，新任董事长据说和冷总的关系有些微妙。前任董事长是从来不管公司运营的，而现任董事长似乎有意插手，周笑天，就是他上任后不久推荐到公司的。

"好吧，我争取。"她对陆一鸣说。

七

"你是不是恋爱了。"

在"云星客"咖啡屋，吴慧对程欣说，彼时程欣正以手托腮，眼望远方，傻傻地微笑着，并没有看吴慧。程欣今天穿了一件粉色衬衣，领子、袖口还有沿着纽扣自上而下的部分，镶着黑色的细丝线，使得这件粉色衬衣又有了一丝庄重典雅的意味。程欣很喜欢这件衬衣，因为是粉色，上班穿得少，最近她又拿出来穿了。

"一个劲地傻笑。从我进来到现在，没和我说几句话，就知道傻笑。说，是谁，是不是在话剧班认识的。"

"你怎么知道。"程欣故意做出大吃一惊的样子，她不想隐瞒，她找吴慧就是来倾诉的。

"嘿嘿，是不是林然。那几个老师，我都见过，我觉得他会和你合拍，当然了，他也最帅。"

"没想到去年来我公司上课的就是他。不知道为什么，第一次见他，就有似曾相识的感觉。"

"不就是你喜欢的高瘦白的类型嘛，陆一鸣不也是这样。"

程欣眼前闪过第一次见陆一鸣的样子：白衣黑裤，清亮的双眸，白净的脸庞。"可惜，他变了，眼睛不再清澈，而是浑浊。"程欣感叹道。

"你以为真的会出走半生，归来仍是少年吗？说说你的'最少年'吧。"

程欣告诉吴慧他们交往的细节。她不太明白林然为什么不坐她的车，她不希望自己的经济实力给他压力，让他望而却步。当然，最重要的，是她不确定他是否喜欢自己。当她告诉吴慧，每次分手，他们到家后都会互发微信时，吴慧啐道："好久没谈恋爱，傻了呀你。不喜欢你，到家了还嘘寒问暖。男人给女人讲废话，就是喜欢她。"

程欣甜甜地笑了。她看着吴慧，才发现她的眼睛浮肿，眼圈有点黑，于是调侃道："晚上活动太多了吧，注意身体啊。"

"啊！"吴慧闪了一下神，打着呵欠说："哎，追剧追的。老姚天天加班呢。"她抬手看了一下表，"我得走了。中年少女，好好享受你的爱情吧。"

吴慧今天似乎有点心不在焉，程欣因为沉浸在对爱情的快乐遐想中，并未多想。

她在想：下一次见面，会是什么时候呢。他会约自己吗？课程结束了，剧本改完了，还有由头再见面吗？

这个周末，文文由老师带队，去北京参加英语演讲比赛，程欣便没有回那边。周六早晨，她照例会去跑步。她有低血糖，跑步之前会吃点面包垫肚子。打开冰箱，里面却空空如也，昨晚加班回家晚，忘了买了。片刻的犹豫之后，她还是出了门。如果身体不行，就走走，她对自己说。

深圳的初冬，比北方的秋天还要热，不过这几天降温，早晚凉爽。附近的莲花山是她一直想去跑步的地方。曾经一家三口来这里放过风筝，经常是，她带着女儿放风筝，陆一鸣不是看手机，就是打电话，即使走过来陪文文玩，也是心不在焉的。程欣叹了一口气，丧偶式带娃，磕磕碰碰十几年也过来了。好在文文健康长大了，其中的艰辛和快乐，甘苦自知，陆一鸣是永远体会不到的。

果然降温了，呵气成雾，程欣只罩了一件薄薄的皮肤衣，她只能通过慢跑来加快血液循环、抵御寒冷。

慢跑不久，她感到身体逐渐适应了，遂加快了速度。她渐渐感到心跳得厉害，头重、胸口疼，她想慢慢停下脚步。突然，她感到一阵眩晕，摔倒在地上，失去了知觉。

等她醒来的时候，发现林然蹲在她身旁，正目不转睛地看着她。她惊讶地睁大眼睛，却无力气说话。林然说："别说话，好好休息，我叫了救护车，一会儿就到。"他又若无其事道："刚才你晕倒了，我给你做了人工呼吸才醒过来。"程欣别过脸，她感觉自己的脸在发烧。

救护车到达后，林然跟着上了车。医生说是空腹导致的低血糖和缺氧，输点葡萄糖就好了。

到了医院，林然忙前忙后，只让程欣坐在椅子上等候。程欣乖乖地听着，什么都没有说。

有他在身边，她感到安心。

护士将吊瓶拿过来了。林然却从杆子上取下吊瓶，捧在自己手里，一会儿又将它放进衣服里面贴近胸口。"吊瓶太凉了，捂一下里面的液体会热点，流到身体里也是热的。耽误不了几分钟。"他对面露不解的护士说。

"你男朋友真会体贴人，你可真是好福气。"护士对程欣说，一脸的羡慕嫉妒恨。程欣心里幸福得一塌糊涂，脸上只是回应淡淡的微笑。

程欣躺下来输液，林然坐在她身边。

"会不会耽误你工作？你今天有课吗？你去上课吧，我一个人没事。"

"下午的课我和其他老师调了一下，我没事了。你就好好输液，我就好好地看着你。"林然微笑道。

"你今天怎么出现了？"

"上帝知道你有难，派我来救你。"林然调皮一笑，又不好意思地摸摸鼻子，"我经常去莲花山跑步，没想到会看到你，就跟在你后面了。"

"谢谢你救了我！"

"别这么客气啦。你看你，脸还是白的。别说了，睡会儿吧。"林然一边说，一边将程欣的另一只手放进被子里。

程欣微微一笑，闭上眼睛，她在幸福和疲惫中渐渐睡着了。

打完点滴，林然护送程欣回到家中。他打开冰箱，就着里面的食材，下了一碗西红柿鸡蛋面，煎了一块鱼，端到程欣面前。

程欣陶醉地吸着面条上的热气，"好香啊。没想到90后还会做饭呢。"

"你对90后有偏见嘛，凭什么90后就不能会做饭。小时候爸妈工作忙，我嫌奶奶做得不好吃，有时候自己捣鼓一下，只会做最简单的。"林然笑道。

"味道不错，咸淡合适。"程欣尝了一口，由衷道。"不过，这是海鱼，如果煎之前抹点白胡椒粉，煎好之后洒上柠檬汁，味道就更好了。"

"是吗，我可没你这么精细。等你好了，我可要尝尝你的手艺。"

"那是自然，我得好好谢你呢。你喜欢吃什么？"

"长江边长大的，自然喜欢吃鱼啦。"

"我也是啊，我会做糖醋鱼、红烧鱼、清蒸鱼，还有，鱼丸。"

"哇！你会自己做鱼丸？深圳的鱼丸好难吃，硬邦邦的，好想念江城的鱼丸，软软的，入口又有鱼肉的清香。"

"做鱼丸有秘方的，是我妈传给我的。"程欣得意道，"我一个人很少做，下次做了请你吃。"

"哈哈，我也想学学，早点叫我过来帮忙。"

他们又说起江城其他的美味，还有学校附近好吃的餐馆。家乡的美食，勾起了他们共同的回忆。

临走前，林然说最近在忙着排戏，所以和程欣联系少了。

两周后新戏就要公演，他邀请程欣去看，程欣点头应允。

"你好好休息，快点好起来，我等着吃你做的鱼丸呢。"

"睡一觉就没事啦。你的鱼丸跑不了，放心好了。"程欣娇嗔道。

林然走过来，轻轻刮了一下她的鼻子，"走啦。"

林然走后，她摸着自己的鼻子，呆坐了很久。

八

两周后的周末。

吃过晚饭，文文在客厅练琴，陆一鸣出去散步了，程欣在自己的房间坐立不安。八点钟林然会在剧场演出，他给程欣发了两张票的二维码，说可以带朋友过来。

文文叮叮咚咚的琴声让程欣心绪烦乱，她走到客厅对文文说："晚上我要去看一个演出，你在家看电视吧。"

琴声戛然而止，文文转头问："什么演出？我也要去。"

"话剧，你不会感兴趣的。"

"不，我对话剧最感兴趣了，我们学校有话剧团，我特想参加，老师说我年龄小，没要我。妈妈，我要去嘛。"

刚上初中的女儿个子比她还高，脸上却是一脸稚气。她走过来靠在妈妈身上撒娇，摇着妈妈的胳膊，她知道妈妈会带她去的。程欣也知道，只要和女儿说了自己的安排，女儿一定是要跟着的。文文很黏她，还像小时候一样。刚上初中，还没开始叛逆。

"那你答应妈妈要听话，看演出的时候不能说话、吃东西。"

"那是当然啦，还要你说。"文文快活地站起来，拉着妈妈的手。

快开演时，她们到了剧场，找到座位坐下。一路上，她的心都在怦怦跳，手心出汗，她渴望见到林然，又害怕见到他。还好，没有看到他。他应该在后台忙着。她们在第六排的中间位置坐下，那是最好的位置。

开演了，她看见林然走上舞台中央，开始说话。林然的目光转向她，那是柔和的。随后，他的眼光瞥向文文，程欣看到他的眼神闪了一下，有点恍惚，但很快恢复了正常。她的心一紧。

演出很成功，故事既幽默又走心。虽然看过剧本，程欣还是被深深感染，她时而哈哈大笑，时而热泪盈眶。演出进行了一个半小时，除了开场的一瞥，之后林然再也没有看她。他总是望着舞台前方，这是一个专业话剧演员的素养。程欣知道，一个有经验的演员在舞台上是不会看特定观众的，除了和对手的眼神交流，他是望着舞台前方的。

谢幕的时候，林然看了她好几眼，也看了文文。文文一个劲地鼓掌，兴奋地说："妈妈，男主看着我笑呢。""男主是妈妈在话剧培训班的老师，票是他给的。""那我们一会儿过去和男主聊聊。"文文秒变迷妹。

谢幕后，有几个观众走上台，和林然及其他演员交谈。等他们走得差不多了，她才带着文文从座位走出来。林然看到她起身，也朝这边走过来。

"今天的演出很棒，我很感动。恭喜你！"程欣真诚道。

"谢谢！尤其感谢你对剧本的贡献，这样改下来更流畅也更有感染力了。"

"这是你女儿？"他转向文文。

"是的。文文，叫哥哥——"

"叫叔叔。"林然咧嘴一笑，"长得清秀，像你。"

"叔叔，我妈妈说你是他话剧班的老师，我也想学话剧，可以吗？"文文早就等着开口了。

"当然可以啊，我们有面对青少年的话剧课。下周让你妈妈带你过来体验一下吧。"

"太好了，谢谢叔叔！"文文一脸得意。

他们又聊了一会儿，林然说他们晚上要宵夜庆功，程欣带着女儿先行离开了。

一路上，程欣都神思恍惚，文文不停地在旁边叽叽喳喳，说剧情和人物，程欣根本听不进去，只是嗯啊地敷衍。突然，她听到女儿说："妈妈，你觉得你和爸爸之间有爱情吗？"

"啊！"程欣一惊，这个鬼丫头，才12岁，什么都懂。她字斟句酌道："爱情是短暂的，没有爱情能持续几十年。我们曾经有爱情，现在更多的是亲情。"

"可是，剧中的爷爷和奶奶，他们的爱情持续了几十年呢。"

"那是戏，不是生活。戏剧当然要拔高和升华，否则和生活一样，谁去看呢。"

"可是，我觉得你们好像也没有亲情啊。至少，我觉得爸爸都不爱我。"文文越说声音越小，她低下了头。

"你怎么会这么想，爸爸当然爱你。不过他工作很忙，他要赚钱供你上学，他的爱是藏在心底的。"

"我才不信呢，上次我的演出，爸爸都没有去看。"

"爸爸那天约了重要客户打高尔夫，谈业务。"

"爸爸的工作有那么忙吗？他有时间也不陪我，在家里不是看书就是玩手机。"

"他有他的世界。你只要记住，爸爸永远是爱你的，他赚钱也是为了你念书。"程欣说着，搂着女儿的胳膊，在她额头上轻轻一吻。

虽然表面镇定自若，内心却一点也不平静。该和陆一鸣谈谈了。无论怎样忙，孩子总要陪伴的，父亲的角色是不可替代的。可是之前每次提及，他总是一脸不耐烦，说女儿有母亲管就够了，父亲也不懂女儿心思，又说起他的张三李四等狐朋狗友，都不知孩子上几年级，孩子还不是茁壮成长。

每每这种时刻，程欣的情绪最容易失控。为什么别人这么过，我们就要这么过？可是，她不知道该如何说服他，或者，她认为自己根本说服不了他。她只有发脾气。

生气是用别人的错误惩罚自己。

她不想再为他的错误买单了。只要双方有一个人想吵架，她就赶紧离开，把自己关进房间，冷静后再出来沟通。情绪失控后的口不择言，都曾深深地伤害过他们双方。

只有谈论工作时，他们才会理智和平静。他们都是做资本市场投资的，一个一级，一个二级，陆一鸣的上司和程欣的上司又是情人知己，陆一鸣也给智正公司介绍过不少项目。他们现在更像是工作伙伴。

看着妈妈并未有多大变化的脸，文文又凑过来道："如果有一天你要和爸爸离婚，我不会感到意外的。"

这下程欣意外了，她掩饰住自己的惊讶，故作轻松道："还有女儿怂恿父母离婚的，现在的05后，思想可真超前。"

"没有爱情的婚姻是可耻的。"文文念着剧中的台词，她今天倒是上了一堂爱情课。"如果你要追求新的爱情，我会支持你的。即使是找一个比你小的叔叔，我也不介意。"文文边说边抬眼窥视妈妈的表情，促狭地笑了。

这个时候，程欣虽然很想笑，但也唯有故作严肃、一言不发。她知道，女儿老想窥探大人的秘密，她要在女儿面前端住，有些东西没必要让她知道，更何况，她现在也是心乱如麻。

九

"你的眼圈怎么这么黑，我遇到鬼了？"

吴慧大惊小怪，哪壶不开提哪壶。程欣白了她一眼，"下周要竞选副总了，这段时间忙着写方案，累死了。"

"我看不仅是工作闹的吧。你这招棋，太险了，也不和我商量一下。你确定他爱你吗，就让他知道你有这么大女儿。即使他爱你，他现在也未必能接受。"吴慧一语中的。

程欣的心被刺了一下。话剧之夜后，她的心就一直七上八下。一连几天，他们都没有互发微信。以前，即使不见面，即使是林然排戏最忙的时刻，两三天总要问候一下。看完演出到现在，已经三天了，林然没有发过一条信息。程欣也没有发，但她每天都在不停看手机，每一天对她来说都那么漫长，晚上她在床上像煎烙饼，翻来覆去，白天她拼命工作抵御胡思乱想。她隐隐感到心仪已久的东西正在离她而去。她有点后悔了，但她又安慰自己：是你的就是你的，不是你的再努力又有何用？

"我想明明白白恋爱，如果他不能接受我的年龄和孩子，我宁愿不要这种爱情。"程欣语气坚定，似在给自己打气。

"一定要稳住，不要主动联系他，等着他联系你，这样才能知道他的真实想法。"

"我可以忍住不联系他，可是没法忍住不想他。我想知道他的一切，可是无从得知。他的朋友圈很少更新。"

"你用微信运动看看他的步数。"

"对，微信运动。我现在就添加。"程欣添加微信运动以后，看到了林然的步数。"这才四点，就6000步了，一天都在外面晃啥呢。"

"做销售的，正常。"

"你会经常看老姚的步数吗？"

吴慧端起咖啡，慢慢啜了一口，放下，拿纸巾轻轻擦拭嘴唇，淡淡道："微信步数只对段位低的有用，段位高的人不会用的。"

"什么意思？"

"因为他知道微信步数会泄露他的行踪。如果在某段时间，他不想让别人探测他的行踪，他会关掉。"

"老姚会这样做？"程欣无法想象戴着黑框大眼镜，微微谢顶的老姚会有事。

"这个世界，没有什么事情是不可能发生的。"吴慧沉声道。

"如果发现他在外面有事，你会怎么做？"

"做任何事情，先要想清楚代价和你是否能承受这个代价。"吴慧表情肃然，程欣没有再追问。

"希望你的爱情能开花结果，让我对爱情对生活也多一份信心。"吴慧道。其实，她的心里，并不看好。爱情，并非不食人间烟火的。

添加了微信运动后，程欣每天有事做了。她将微信运动置顶，添加林然为关注，这样打开微信运动就能一眼看到林然的步数。早上，程欣一起床就点开：零，真够懒的，不用上班了？上午9点看，300步，看来起床了。中午12点，5000步，一上午都在外面晃啥？到了下午，8000多了，晚上居然20000多了。晚上肯定跑步去了。白天在外面晃一天，晚上跑步，真是精力充沛，他的心情可是一点没受影响。

程欣心里那个恨。

一直熬到周五下午，程欣感到自己快虚脱了，晚上睡不着，白天没精神，竞选报告勉强写了两页纸，自己都看不下去。她在心里狠狠地把自己骂了一顿，去洗手间洗了把脸清醒头脑，决定晚上好好加班赶报告。

当她刚进入工作状态，开始快马加鞭码字时，林然的微信突然来了："文文该回来了吧，有空带她过来体验一下。"

好你个林然！让我等这么久，程欣恨得牙痒痒。她没有理会，继续写报告，两个小时后丢了一句："好的，谢谢。"林然秒回："你在干吗？""加班。""这么好的月色，怎能辜负，出来遛遛吧。"

遛你个大头，程欣在心里恨道。她扔了两个字："没空。"

"我在楼下。"

程欣一怔，她走到窗户边，果然看到林然站在公司楼下。

快乐来得如此突然，如一池水从心里往外满溢。她快速关上电脑，收拾东西下楼。

站在林然面前，她容光焕发，仿佛暗夜中盛开的花。

林然一直盯着她，眼睛里有一团光。

"来，一起骑单车吧，去市民广场。"程欣的楼下停放着很多共享单车，但她从未骑过。她每天都开车，近距离的走路或打的。林然告诉她先下载软件，然后扫码，就可以骑走了。

月华如水，一轮又黄又圆的满月挂在天空。晚风轻拂，远处高楼的霓虹灯影影绰绰，神秘又祥和。他们骑行在一条林荫的小路上。

温情又平静，心中盛满希望，程欣仿佛又回到了大学时光。

他们在市民广场走着，轻轻说着话，不着边际的话、毫无意义的话。远处高楼的灯影，调皮地眨着眼睛，快意地打量着他们。走累了，他们在台阶上坐下，看着广场上玩滑板的少年，打太极拳的老人，还有跳广场舞的大妈。他们都很幸福，她和他也很幸福。

夜色如昼，她的心底有一朵花悄然绽放。

林然轻轻拉过她的手，握着它。这一刻，她设想了太多，也等了太久。以至于真的到来时，她竟忘了惊讶和狂喜。

"和我说说你的故事吧。"

像一扇紧闭的大门被缓缓打开，一艘沉入海底的船只被徐徐拉起，往事倾泻而来，而她，需要克制地一点点检视它们、释放它们，以免它们伤及自己和他人。

程欣说起了自己大学毕业后来深圳的工作、生活，以及后来同丈夫渐行渐远以致分居。她不知道说了多久，林然一直在默默倾听，偶尔会问一两句。她太需要一个人倾诉了，她从来没有这样整理过自己十多年的心路历程。

月光映照着她，给她皎洁的脸庞涂上一层宁静安详的白光。一双眸子，却是幽幽的明亮，如两汪深潭。他一时竟看得呆了，他希望他的目光折进其中永无归期。

"我以为你不会再理我了。"

"怎么会，我还要吃你做的鱼丸呢。"他微笑着，温柔凝眸。

"我要和他离婚，我相信他会同意的。我们之间的财产早就各自独立了。"

夜风微微，如婴儿的鼻息。当她飘扬的长发轻触他的脸颊时，他将她轻拥入怀，对着她耳朵轻声说："我会给你幸福的。"

她快乐地几乎昏厥过去。

夜深云恋月。他们又絮絮叨叨聊了很久，两个话痨，好像多年没有说过话。

一直到晚上 12 点，广场上的人都散了，只剩下他们俩，他们才想到该走了。

回到家，她兴奋地在房间跳舞、旋转，然后躺倒在床上。她全身心都洋溢着快乐，连脚指头都感到甜蜜。

爱情，真的就这样来临了么？她不敢相信自己的好运。

第二天下午，程欣带女儿出门。

"你们去哪？"陆一鸣突然问。

"妈妈带我上话剧课，上周妈妈带我看了话剧，我好想上。有个林老师，也是妈妈的老师，他演的可好了。"文文像倒豆子一样噼里啪啦。

"晚上回来吃饭吗？"陆一鸣问。

"不回来了。"程欣答。

程欣带女儿来到话剧社，还有几个十来岁的孩子也在。林然带他们进去上体验课，程欣在外面等候。

两个小时后，课程结束了。林然出来说，文文很有灵气，有表演潜质，这边有每周六下午的课程，可以过来上。

程欣表示感谢，问他是否愿意晚上一起吃饭。林然笑着说好。

晚上吃饭时，文文是主角了。她一个劲问这问那，林然不厌其烦，回答风趣幽默，逗得文文哈哈大笑。后来他们又热火朝天地聊起游戏和动漫，程欣听得云山雾罩，完全插不上话。

她傻傻地看着他们，眼睛满含笑意。

饭后，林然坚持要买单，说是请文文的，程欣便由着他买。

第二天中午，文文坐上校车走了之后，程欣对陆一鸣说："我想和你谈谈。"陆一鸣瞟了她一眼，没有说话，坐到沙发上。

"文文说感受不到父爱，你有空多陪陪她吧，即使只是闲聊。"

"我会的，之前确实做得不好。"陆一鸣语气诚恳。

"还有，我们，离婚吧。"程欣看着他，轻声道。

"找到新欢了？"陆一鸣冷笑。

"我们之间的问题，没有解决的倾向。我们也许都可以，有自己的生活。"

"爱情是短暂的，过段时间你们就结束了。"

"和他人无关。我们俩，也许早该离了。"

"我这周要出差，你再好好考虑一下吧。"

"一鸣，我们夫妻一场，好聚好散吧。你也知道，我们的婚姻，名存实亡。"

陆一鸣叹道："这么急，一周都等不了吗？周五要开竞选工作会了，你先好好准备吧。离婚的事等我出差回来就办。"

十

周五的早晨，程欣和往常一样，气场十足地走进办公室，只有她自己知道，此刻的她，外表和内心都是多么虚弱。

昨晚，她直到天快亮才睡着，她是那种第二天有事前天晚上就睡不着的人，所以自知不是女强人的料。她早就深谙，要在职场胜出，不论男女，都要有强大的心灵和强壮的身体。敢抢敢拼，没有好身体是做不到的。而她，只是一个小女子，也只想做一个平凡的有着自己一方天地的小女子。

此刻，她的疲惫的眼神和黯淡的脸色，被精致的妆容掩盖。她昂首挺胸，穿着她最喜欢的白衬衣，系着一条类似男性领带的黑白格子的长丝巾，精干又帅气。任何时候，她都是注意形象的。她不允许自己形象邋遢地出现在别人面前，何况，今天又是一个重要的日子。

其实，她不需要这么如临大敌，该做的，之前她已经做了。今天，只是走个过场，虽有公司高管和董事会成员参加，但不会当场决定，只是问一些具体问题。在这之前，她已经将报告发给他们了，里面既有自己这么多年的工作业绩和投资感悟，也有对公司投资业务未来如何开展的设想和实施方案，她自认花了很多心思，也是对多年投资实践的思考提炼。

快十点的时候，她准备进公司会议室。她有点奇怪，怎么没人通知她，但还是准备去了。这时候桌上的电话响了，是冷总的电话，叫她过去一下。

"今天的会议取消了，周笑天退出了，他昨天晚上提出离职。"

"为什么？"程欣愕然。

"他说太累了，想休息一段时间，可能是有更好的去处吧。"冷总表情淡然。"我和公司其他高管及董事会沟通了，一致同意由你担任分管投资的副总。恭喜！以后肩上的担子，更重了。"冷总语气转为热情。

"啊！谢谢冷总，我会的，我还真有点不知道如何着手呢。"程欣还没从惊愕中走出来。

"你的报告我看了，很多想法不错，就照你的思路去做吧，我会支持你。今年董事会给我们提了新的要求和任务，要完成，不容易啊。以后要靠你和弟兄们了。"冷总鼓励道。

"冷总您放心，这是我们的职责所在。公司业绩好，我们也拿的更多嘛。"

二人又谈了一下未来业务的经营思路和实施办法，程欣方才离开。

从冷总办公室出来，程欣经过周笑天办公室，看到他正在收拾东西。程欣犹豫了一下，还是决定进去和他道别。

"周总好，听说你要离职了，去哪里高就呢？我司丧失一员大将啊。"

"这下你如愿了？"周笑天放下手里的文件，瞟了她一眼，表情是冷冷的。

程欣心里一惊，周笑天以前绝不会这样和她说话，即使心里有多少不满，脸上都是笑眯眯的。

"周总说笑了。"程欣冷冷道："我们俩都是副总人选，投资总监我也做了几年，如果你在公司，谁胜出也未可知。"

"又要做婊子又想立牌坊，可笑啊。"周笑天一脸嘲讽。

"你什么意思？"程欣再也忍耐不住了。

"去问问你老公陆一鸣，别在这装纯情！"

"有病！"程欣甩出一句，气急败坏地走了。

回到办公室，她给陆一鸣拨了电话。"周笑天离职是怎么回事，是不是和你有关？"

"这是他自作孽，不可活。我在外地，回来再说吧。"陆一鸣挂了电话。

不能让周笑天影响了自己的好心情。

程欣走到窗前，眺望深圳湾美丽的风景，大团大团的白云，在海之巅山之脚向她摇着双手。

是不是和林然分享一下自己的喜悦呢？

她拿起手机，看到上面有一条微信。点开，是林然的："恭喜程大小姐出任副总！"

"你怎么知道？"程欣欣喜。

"你这么优秀，副总非你莫属嘛。"

程欣歪着头笑了，自己好像并未告诉林然今天要竞选副总。

"晚上一起吃饭，庆祝一下呗。"林然发来了邀请。

"好的！"程欣欣然应答。

吃饭的时候，林然拎来了一瓶茅台。他说这是他第一次买茅台，没想到茅台价格涨这么快。

"你不需要买的，我家里有好几瓶。"程欣惊讶而感动。

"不，这是我的心意。我知道你其实挺能喝的，我们今天把它干了吧。"林然微笑道。

"好啊，不醉不归。"她也笑了。

"来，庆祝你今天选上副总，事业迈上新台阶。"林然双手握着酒杯。

"谢谢！"程欣和他碰杯后一饮而尽。

"说实话，我怕自己掌控不了。"程欣放下酒杯，思忖道。

"我相信你的能力。只是，怕你工作压力太大。上次和你说的写作，考虑过吗？"

"我原想业余时间写写看，发现根本没时间。辞职写作，还没有这个勇气。我不知道能否成功。"

"如果想着一定要成功才能做，那你永远也开始不了。"

程欣低头默然。她羡慕林然的敢想敢做，可是他还年轻，可以从头再来，自己呢，还有输的资本吗？

"你不愿种花，你说，我不愿意看见它，一点点凋落。是的，为了避免结束，你避免了一切开始。"林然轻声念着她最喜欢的顾城的诗。

这首诗，她曾无数次用来激励自己，无论是大学时还是毕业后。可是，从什么时候开始，她不再想起它了呢？从什么时候开始，她计较得失从而失去勇气了呢？

"做你想做的事，我会一直支持你，无论是现在的工作还是未来的写作。"林然轻轻握住她的手，眼睛看向她的眼眸深处，"记住，无论你什么时候开始写作，你都会是一个优秀的作家。"

"谢谢！"她嫣然一笑，"醉笑陪公三万场。"她举起酒杯，再次一饮而尽。

"不用诉离殇。"他也仰头痛饮。

不知道是不是酒精的作用，林然话特别多，从小时候和同学搞恶作剧，到中学时捉弄老师，到大学的初恋，都说得眉飞色舞。程欣时不时插上几句，仿佛给噼里啪啦响得正欢的锅里洒上几滴油。

程欣以手托腮，歪着脑袋，痴痴地看着对面脸颊绯红、两眼放光的林然。她多么希望这一刻能永驻。"在长长的一生里，为什么，欢乐总是乍现就凋落，走的最急的都是最美的时光。"她突然想起席慕蓉的诗句。

最快乐的时刻，也是最感伤的时分吗？

"有点醉了，再喝就倒了。这样微醺最好，让我们彼此都记住今晚美好的时光。"林然擎起酒杯，"我们干了这杯，去市民广场走走吧。"

他们牵着手在市民广场信步，步履略显蹒跚，却也坚实。程欣仰起脸凝望夜空。黛蓝的天幕，漂浮着朵朵白云，时而飞舞，时而缓缓流动，聚散变幻出种种图案，她一时看得呆了。

"深圳的夜晚真美！"林然赞道。"我昨晚写了一首诗。"他轻轻念道：

> 风在摇树的影子，
>
> 月在撩夜的裙裾，
>
> 我们走着，轻轻说着话。
>
> 云在天空的河里缓缓流着，

179

我们走着，轻轻说着话，

城市的灯火，在眼前身后，次第开放。

我们走着，轻轻说着话，

风儿吹落星星，坠入你的眼睛，

我多么希望，

那是我柔软的心，幻化而成。

"许久没有体会到这么纯粹的爱意了。"沐浴着林然温柔的目光，程欣心里幸福满溢。她接过林然递过来的诗稿，"我会珍藏的，谢谢你。"

他们并排坐在台阶上，像上次一样，林然握着她的手，程欣靠着他的肩膀。他们默默依偎着，享受这份宁静安然。

良久，林然轻声道："下周我要回江城了。"

"家里有事吗？去多久？"程欣并未抬头。

"可能以后都不回来了。"林然悄然松开握住程欣的手。

"什么？"程欣愕然，她坐直身体，扭过头，盯着他的脸，"你在说什么？"

林然却只看着前方，缓缓道："深圳的房价物价太高了，在这里我看不到未来。即使再工作十年，我依然买不起房子。"

"不要让房子束缚你的梦想，你可以租房啊，继续做你喜欢的事，像现在一样。"程欣脱口道。她侧过身，双手紧紧抓住林然松开的手。

怎么回事？到底哪里出了问题？她的脑子飞速转动，可是，找不到任何端倪。

"我们也许真的不合适。你有钱，有自己的事业，而我，一无所有。"他轻轻抽出被程欣抓住的手，低下头，捡起地上一块小石子，随意地画着。

"我不在乎！"程欣急急道，声音都快哭出来了，"我们在一起不是很快乐吗？我们可以一起创造未来啊！"

她紧握的双手突然变得冰凉。她不由得裹紧衣服，将风衣的拉链拉到最高处。深圳的冬天，什么时候变得这么冷呢？

"可是我在乎。"他依然没有看她。

"你说过要给我幸福的。"她的心在一点点往下沉。

"对不起。"

她的心沉到海底了。

她不知道怎么和林然道的别，也不知道自己是怎么回的家。

这就是爱情么，这就是像鬼魅一样，人人都在谈论、却没有人看见的爱情么？就在几分钟前，她还在天堂徜徉，以为自己是世界上最幸福的人，转眼，她已坠入无边黑暗。她曾经深深感谢上苍对她的眷顾，让她遇上童话般的爱情。可是，没有功利的爱情为什么在现实面前如此不堪一击，似乎比利益结合的爱情更脆弱。它来了，疾风骤雨，它走了，灰飞烟灭，不留痕迹……

她失魂落魄地回到那个她和陆一鸣的家，却看到陆一鸣一个人端坐在客厅沙发上，吓了她一跳。她没有理他，径直跌跌撞撞地走进了自己的房间。

陆一鸣盯着她的背影，表情复杂。

她走进房间，锁上门，打开淋浴间的水龙头，哗哗的水流倾泻而来，如同她开闸的泪水，无声、啜泣、放声大哭。她哭了一个多小时，直到力气全无，五脏六腑都要哭出来了，才感到好受一点。

第二天她没有起床吃早餐，女儿敲门，她也不理。她塞上耳塞，蜷缩在床上一动不动。

她不想吃饭，也不想动，她要让曾经的那个自己死去。

十一

一连几天，程欣都觉得全身无力，灵魂已经出窍，身体也不再属于她自己。她觉得自己像行尸走肉，每天拖着躯壳上班下班，却不知道自己在做什么。她不知道是如何挨过这一天又一天的，好在这段时间冷总出差了，公司里没人管她。

她约吴慧见面，希望能倾诉一下。吴慧却说年底忙，走不开，对程欣在微信里发的信息，也回的漫不经心。工作不是很轻松吗，有什么可忙的。关键时刻还得靠自己，天助自助者，所有的伤痛都得靠自己去扛。朋友，不过是锦上添花罢了，有几个能雪中送炭呢。夫妻，还不是大难临头各自飞吗？爱情，不更是"来如春梦几多时，去似朝云无觅处"吗？

程欣真正尝到了什么叫作"死去活来"。

她在浑浑噩噩中过了几天，直到陆一鸣打来电话，说康健得的收购可以继续跟进了，她方才从地狱回到人间。她想她该好好做她的副总了。

晚上，程欣回南山区的家吃饭，陆一鸣也在家。

"出来混，总是要还的。"提起周笑天，陆一鸣撇撇嘴。他告诉程欣，周笑天在项目投资过程中多次收受项目方好处，要么低价入股，要么索要项目被投资后的返佣，以咨询费的名义打到一个周笑天控制的公司账户。

之前康健得退出收购，也是周笑天从中作梗。康健得退出收购后，上市公司马上和另一家公司打得火热，而这家公司，周笑天的外甥持股4.99%。这是周笑天进智正之前在老东家做的投资，当时他入股的价格比老东家还低，这是一种受贿行为。

康健得行贿过的某院院长，周笑天投资的公司也行贿过。他从院长那里套出康健得行贿，但其实并未握有实质证据，只是以此逼康健得退出收购。

"老赵那边说了，收购康健得可以继续，你抓紧点。之前已经做过尽职调查，条件也谈得差不多了，接下来应该很快。"

虽然对行业内的潜规则并不陌生，程欣还是颇为感慨。才一个月的时间，这个世界就像变了天。天上地狱，只是咫尺之隔。一个月前，周笑天一定志得意满，转眼间，竹篮打水一场空，赔了夫人又折兵。

"你向我们公司董事会举报了周笑天？"

"这种事还用我做吗？"

"你的人脉关系可真够广的。"

"你以为呢？你以为只要有几个成功案例，有一份洋洋洒洒的方案，就可以当上副总了？"

"我没那么天真。谢谢您帮我。"

"我们是夫妻，应该的。"

程欣一时不知道该说什么，她的心里像倒翻了酱料瓶，五味杂陈。

程欣调整了状态，投入到工作中。爱情如此不靠谱，还是工作牢靠些。你付出越多，收获也越多。而在爱情里，付出和收获往往不成正比。

这个时候，久未露面的吴慧突然出现在她面前。

吴慧红着眼睛，好像刚哭过，程欣吓了一跳。她眼中的吴慧是从容的，看似大大咧咧，实则通达慧黠，说话一针见血，做事从不拖泥带水。她们之间，哭哭啼啼的角色从来都是程欣扮演的，刚开始结婚那几年，她经常在吴慧面前控诉陆一鸣，激动时一把鼻涕一把泪。后来，同样的事情说多了，像祥林嫂似的，程欣自己都不好意思说了，即使说起来，也没那么激动了。

如今，一向淡定的吴慧，要激动地告诉她什么呢。虽然上次吴慧的闪烁其词让她有所预感，但吴慧接下来说的话，才真正让程欣感到震惊和不可思议。

不知从何时开始，也许是来深圳以后，也许是生了孩子后，也许是一开始就这样，吴慧喜欢窥探和掌握小姚的行踪。在程欣眼里，小姚是多老实的理工男啊，吴慧说一他不会说二。小姚确实没有二心，吴慧暗中观察了他好多年，小姚的手机密码、邮箱密码，她全部破解，没事就偷偷上去溜达一下，再偷偷下来。丈夫丈夫，一丈之夫，小姚在她的掌控之下，她才感到安心，还为此偷着乐。

随着年龄的增加，婚姻的拉长，小姚变成老姚，头发少了，肚子大了，脸上沟壑纵横，吴慧觉得该放心了，偷窥小姚的次数也少了。没想到，小姚没事，老姚的事不少。女同事、女网友、户外运动群的小妞，一个接一个地撩老姚，老姚来者不拒、乐在其中。吴慧看在眼里，气在心里，但她要不动声色，只在关键时刻出手。

比如，有一次女同事约老姚晚上吃饭，吴慧前一天晚上偷看手机得到消息，就在晚上八点他们吃饭正酣的时候，频繁给老姚发消息，说儿子在家不好好写作业，老姚只偶尔回一下。后来吴慧干脆让儿子给老姚打电话，问数学题该怎么做。老姚没办法只好接电话。电话没完没了，女同事终于失去了耐心，八点半愤然离去。

又有一次，老姚参加户外运动群在酒吧的聚会，里面有一个对老姚勾搭多日的小妞。绝不能让老姚在酒醉之后落入虎口！吴慧开始了英雄救美。她特意去买了性感的衣服，妖妖娆娆地来到酒吧，很快泡上了一个年轻帅哥。她拽着年轻帅哥，袅袅娜娜、看似不经意地走到老姚他们所在的吧台，惊讶地叫道："死老头子，你怎么在这？我们都出来玩，儿子在家谁管。"帅哥一听，马上就挣脱了吴慧的手。吴慧拉起老姚，顺势把帅哥往小妞身上一推。老姚傻眼了，只好悻悻地走了。

吴慧就不明白，这些年轻女孩要工作有工作，要长相有长相，看上老姚什么了。老姚没钱，除了一套房、一辆普通的车，几十万存款。而这些都属于他们的家庭资产，离了婚，老姚将一无所有。老姚自身也不是下金蛋的鸡，工作十几年，税后年薪三十多万，也混不上去了。老实？老实的男人还少吗？没本事的男人哪个不老实。

"每次你都成功解除警报，没有意外失手的？"

"当然有。"吴慧幽幽道。她说有一个老姚喜欢的，二人在一次吃饭中约定了下次偷情的地点，并没有在手机里说。直至他们好事完成，在微信里说着肉麻的话，吴慧才意识到发生了什么。

"这样你都能忍？"程欣心里很不是滋味，她依然能感受到，吴慧平淡无奈的语气底下，曾经有着怎样的惊涛骇浪。

每一颗心灵都是不容易的。要经受多少磨难，它才能变得坚强和圆熟？

"看着老姚在外面胡搞，你不难受吗？为什么不去和他对质，要他收手，为什么可以一忍再忍？"

"他现在只是在外面玩一玩，心还在家里。如果我撕破脸，他对我不再有愧疚，对这个家也可能不再付出。我的婚姻也完了。"

"你可以离婚哪，都这样了，还要他做甚。"

"离婚？我没有这个资本。"吴慧惨然一笑，"我一无貌二无财，离婚了我找谁？孩子怎么办？也只有你程欣可以这样任性，想离就离，陆一鸣虽说不管家事，至少没有在外面搞三搞四吧。"

"难道只有男人有外遇了，女人才能离婚吗？婚姻应该是彼此的心灵契合和共同扶持。"

"那是人人都在谈论和向往，却少有人见过的理想状态。即使有，也无法持续。"吴慧苦笑道，"婚姻是女人的一张脸，一个保护壳，离开老姚，我不会比现在好。"

"不！"程欣握住她的手，"离开他，你可以过得更好。也许刚开始会很艰难，但你终究会走过这一步，开始新生活。"

吴慧摇摇头，生活的艰辛，物质的匮乏，爱的缺失，她都是体会过的，而程欣衣食无忧，从来不缺爱。"像你这样漂亮高傲的女神，找到林然这么好的小伙子，最后还不是离开你了？何况我这个中年大妈。"

吴慧不经意间提到林然，程欣的脸微微变色。她稳了稳情绪，正色道："爱情不是我生活的全部，林然也不是我唯一可以爱的人。你也一样。"她又诚恳道："真的，没有什么是不可失去的。当你失去的时候，生活也会为你开启新的大门。"

"谢谢你，程欣。我一直很欣赏你的独立大气，不过，我可能一时还做不到。今天找你，是想问问你怎么办的。老姚有了新的情况。"

之前那个露水情缘，是几年前发生的，几个回合之后，二人之间就发生了不快，吴慧再暗暗使上一点力，他们就分手了。而这次，老姚是来真的了，吴慧之前的老办法都不管用了。

老姚的大学同学贾某，在当年女生如国宝大熊猫般珍稀的理科班被誉为班花。老姚暗恋班花已久。"我本将心向明月，奈何明月照沟渠"。班花当然不会青睐条件平平的老姚，而是看上了班上最帅也最有能力的男生。毕业后二人双双来到深圳，几年后男生自己开公司，再过几年，公司上市，30多岁就成了亿万富翁。然而，生活不能免俗，又一个"男人一有钱就变坏"的俗气桥段。经过多年争吵和漫长的财产分割，去年班花终于成功离婚，获得上亿身家，有钱有闲，只缺贴心的人。

财貌双全的女人总是不缺机会的。

同学聚会上老姚见到了成为富姐的班花。深懂女人心又貌似老实的老姚，很快俘获了富姐的寂寞芳心。这一次，老姚是要来真的了，他和富姐说自己要离婚，和她在一起。吴慧观察了他们多次，也使过以前的招，老姚和富姐都不为所动。

这一次，吴慧彻底没招了。否则，她不会袒露自己多年的伤疤，即使是在最好的朋友面前。

程欣默然。按照她的理念，这样的婚姻，早该结束了。如果他的心不在你身上，拴住他的人又有何用？转念一想，你这不是五十步笑百步吗？你不是也熬到女儿读中学了才敢想离婚的事吗？多年来屈指可数的夫妻生活，你又是怎么隐忍的呢？至少，吴慧和老姚还有正常的夫妻生活，不过怕是现在也不会再有了吧。

"等着老姚和你提吧，要孩子。有孩子，老姚还会和你经常联系。随着时间的推移，他和富姐的感情也会褪色，也会有裂痕。爱情，从来都是从内部自己崩溃的，外部的力量只会让他们更坚定。"

"离婚，我不甘心！"吴慧又恢复了她的强健有力，"现在老姚想离是因为富姐要他，如果富姐不要他了，看他怎么离。"

"别做傻事了，做好你自己。富姐要不要他，不是你能决定的。"程欣真诚劝道。

十二

出任副总后，程欣发现自己真是分身乏术。不仅要考虑项目投资计划、方案，还要考虑招人、管人，周笑天的接替人员，是从公司内部遴选，还是社会招聘，还是去同行挖人？这些都颇费思量。周笑天离职后，他负责的新能源、高端制造业的投资小组由她暂时接管。程欣对理工知识密集的行业有点头疼，周笑天下面的兵，她也不熟悉，还得靠自身的能力去征服他们，这就又有很多要学习的东西了。她不能在手下面前露怯，唯有自己花上更多时间学习。

项目更多了，出差也更频繁了。

这一次，是来江城。

晚上，她推辞了项目方的饭局，一个人来到梦马酒吧。

她找了一个靠边的位置，在这里，她可以看到酒吧全场，包括舞台。

她要了一杯威士忌，独自品尝。自从他离开后，他们没有互发过一条信息，他的朋友圈也停止了更新，他似乎从她的世界消失了。而她，也用拼命工作来抵御伤痛。在忘我的工作中，她才能忘记自我，忘记曾经有的伤痛和梦想。自我其实是一件既烦人又奢侈的东西，她不想再要了。

只是，在某些个寂清的夜晚，往事依然会不经意地悄悄潜入她的心底，挥之不去，让她潸然泪落。

开始有歌手唱歌了，都是忧伤的民谣，如烟似雾般在大厅里弥漫。像雾像雨又像风，她苦笑了，这就是爱情吧。她很少一个人去酒吧，今天是来纪念她还没有开始就凋谢的爱情么？

突然，她听到了她最喜欢的燕池的《人海》，不过是一个男声。

想见却还在等的人不太多

连起来也让人心碎碎成河

沧桑中独自向前行说要好好活

但再忙碌也解不了爱的渴

遇见了就不说值得不值得

擦肩后就成全彼此做过客

沧桑中独自向前行说要好好活

但再忙碌也解不了爱的渴

……

她抬起头，这不是林然吗？他也正看着她。远远的，她都能感受到他的眸子亮晶晶的，似有一团火。

温柔被你唱成歌

彼岸的你影影绰绰

风中造舟不再回头

哪怕想征服的不过是沙漠

珍惜最是难得

爱你让生命变辽阔

温柔被我唱成了歌

伴你人山人海不停留

穿山跃海哼你的歌

踏浪飘帆忘记你更忘记我

从此江河只是传说

天地融化星辰吞没

眼泪又不争气地流下来，她赶紧拿纸巾擦拭。

一曲歌罢，林然走到她身边，手里握着一杯茶。

"别喝酒了。这杯柚子蜂蜜茶是热的。"

程欣无言，她希望自己能像电视剧里的女主一样，大骂"关你什么事"，然后把酒泼在林然脸上，扬长而去。然而她做不到。

爱过的人，无论何时再见面，心底也是柔软的。

"你还好吗？"林然柔声问。

"还好，还活着。"

"你憔悴了。工作太累？"他关切问道。

程欣默然。

"老大，你还要点什么？"有个侍应生走过来，殷勤地问林然。

林然摆摆手说不用了。

"这个酒吧和你有什么关系吗？"程欣问道。

"酒吧之前的老板因为债务危机，手头缺钱，就低价转给我了。我对这里做了改造，加了一些戏剧元素，反响不错。"

程欣进来时就注意到酒吧的风格有点奇特，墙上挂了京剧脸谱，还有话剧舞台剧照。舞台也变得更大了。

"每个周末白天的时候，这里会举办话剧体验课，大家可以来这感受话剧，还可以喝点啤酒和饮料。"

"'话剧＋酒吧'，创意不错。既给话剧找了场地，又给酒吧提供了客流，还会因为这个创意走红。"

"是啊，《江城晚报》，还有自媒体都报道了。酒吧客流还不错。"

"用酒吧来养你的爱好，你终于可以不用为钱发愁了。"程欣突然想到一个问题，"你哪来的钱投资，就算是低价，资金也不少吧。"

"找我爸借的。"

"你爸是做什么的，企业家？"

"谈不上吧，包工头。"

"盖了哪些房子，可以说吗？"

"达达花园。"

程欣的脑子飞速运转，达达花园有五期，在江城大学城旁边占了很大一块地，程欣还给母亲买了一套。老板叫林建达，是江城知名的房地产开发商。

"你是富二代？既然不缺钱，为什么说深圳容不下你。"

"那些钱又不是我的啊。"

"所以你必须听父母的话？知道他们不会接受我，所以要离开？"

"我需要在经济上强大。"

程欣低头，默默抓起桌上的酒杯，一饮而尽。

"帅哥，再来一杯。"她朝侍应生喊道。

"别喝了，我送你回去吧。"林然不由分说，抓住她的手往外走，叫了一辆的士，扶她上车。

他握着她的手，她靠着他的肩膀，像他们初次表白心迹那样。但她的心，不再有花儿盛开，而是一点点收紧，紧得让她痛。

到了酒店房间门口，程欣开门，回头对林然凄然一笑："再见。"

"程欣！"林然欲言又止，只听见门砰的一声关上了。

门后，程欣泪流满面。她拿出手机，打开微信，找到林然，点了删除。

　　一念起，万水千山。
　　一念灭，沧海桑田。
　　从此江河，只是传说。
　　天地融化，星辰吞没。

门外的林然，静静地站着，他的脑海浮现起几个月前的一幕。

193

那天，他接到一个电话。"你是林然吗？""我是，您是哪位？""我是程欣的丈夫，我想约你见个面。""我不认识你，对不起我很忙。"他准备挂电话，对方急急道："你最好见一下，和程欣有关。晚上八点在话剧社对面的咖啡屋见。"说完挂了电话。

"离开程欣吧，你给不了她要的幸福。"见面后，陆一鸣开门见山。

"程欣和你在一起不幸福，所以她要求分居，并且，离婚。"

"婚姻十几年，哪家没有问题。有问题就要离婚吗？离婚后的生活就鲜花满地了吗？再结一次婚，还不是一地鸡毛。如果你们结婚，一年都维持不了。"

"我会给她一辈子幸福。"

"一辈子？年轻人，你一天都给不了。就算你喜欢程欣，你父母能接受她吗？"

林然无言，他端起咖啡喝了一口。

"离开她吧，让她回到生活的正轨，她只是一时鬼迷心窍。你不适合她。她很有事业心，这周五她会如愿当上副总，是我帮她的，你能吗？如果你需要资金，我可以尽力。"

"不是所有的东西都和钱有关。"林然扔下一张百元钞票，走了。

林然静静地站着，他最后深深地看了一眼程欣紧闭的房门，叹息一声，离开了。

十三

程欣大病了一场。

这段时间，她太累了，她的工作本不轻松，又不断给自己增加强度和压力，已超出她能承受的极限。

三个月，她感冒了三次，最后一次重感冒，发展到咳嗽、发烧，她还是坚持工作。她似乎要把自己置之死地，想看看自己到底有多少能量，能否死而后生。

她不知道，一场大病，正悄悄袭来。如果你无视身体给你的小警告，它势必给你一记重锤。

从江城出差回来后没多久，程欣发现胸部和腰部长了一些红疹子，很痒。开始她以为是蚊虫叮咬，搽风油精，没用；而且越长越大，更痒了，还伴随阵痛；她以为是过敏，搽过敏药膏，也没用。痒和痛让她没办法工作了，只好去了医院。

医生说她得了带状疱疹，必须马上停止工作，治疗、休息。

程欣傻了，吧啦吧啦说了一大堆，说自己多忙、多重要，多少工作等着。医生听完后淡淡地说："是工作重要还是命重要，没有工作离开你转不了。"

这个世界，没有谁离开谁不能活的，更何况是工作。

程欣请了两周假，在家休息、治病。她和陆一鸣说周末出差，不过去了。

当健康受到损害时，名利退居二线，此时你才会关照内心的真实渴求。她看了很多一直想看而没有看的小说、电影，她沉浸在优美的文字里，她随着故事里的人物悲喜交集。时间过得很快，愉悦而充实。

春天来了，雨水也多起来。丝丝细雨滴落在窗台上，有一种好听的声音弥散开来，令人着迷。窗外的勒杜鹃，娇艳欲滴，湿漉漉的，仿佛和细雨难舍难分。

有雨的天气，不用惦记外面的繁华。她安闲地靠在沙发上，一本书，一杯清香氤氲的龙井，一整天不被打扰的恬静。

日子好得像年画一样。

好景不长。一周以后，她接到了江城的表弟的电话。

"姐，姨生病了，要住院，你能不能回来看看。"

母亲在江城独居。退休后的母亲身体不错，每天都去跳广场舞，生活很充实，这让程欣很安心。父母身体健康，对正在打拼的年轻人，是最大的福气。她从来没想到健康爽朗的母亲会生病。程欣出差回江城的时候，匆匆见了母亲一面，发现她脸色不太好。母亲说是感冒，不碍事。

"什么病啊？"程欣焦急地问。

"冠心病，要做心脏搭桥手术。"

"啊！这么严重。"程欣深吸一口气，"找好医院了吗？"

"找了一家小医院，不过他们建议我们去大医院做手术，大医院要排队。"表弟也很着急。

"我想想办法，晚点回复你。"挂了电话，程欣心乱如麻。大学毕业后她就去了深圳，在江城的医院没有熟人。高中同学有读了医学院在江城的医院工作的，但她和他们来往不多，逢

196

年过节回江城几天时间，也多是待在家里，少有找同学聚会，现在贸然去找他们，对方未必买账。何况，她现在根本出不了门。

她只有找陆一鸣了。

陆一鸣在大学是院学生会主席，交友广泛，学校医学院的学生会主席当年和他还是铁哥们，或许能帮上忙。

"得了带状疱疹，也不告诉我。你在家歇着吧。妈的病，我来管。我找找人，让她尽快去江城的大医院治疗。我明天请假回去。"

"真是谢谢你了！"程欣感激道。

"老夫老妻了，客气什么。她也是我妈。"

程欣知道，母亲很喜欢陆一鸣，一直夸他懂事、稳重、可靠，陆一鸣对母亲也很有感情。程欣给母亲去了电话，说自己得了带状疱疹，无法出门，陆一鸣马上回去照顾她。母亲在电话里嘱咐女儿好好养病，并说有一鸣在，什么都不用担心。

三天后，程欣接到陆一鸣电话，说母亲的转院手续办好了，过几天就在江城最好的医院做手术，手术由著名医生，也是该院的心脏外科主任主刀。他就是陆一鸣当年的好哥们。程欣才知道，这么多年，他们还保持着密切的联系。程欣突然觉得陆一鸣好神奇，自己和他做了十几年夫妻，他的很多事都一无所知。

母亲的手术很成功，陆一鸣一直等母亲手术后，病情稳定了才回到深圳。程欣很开心母亲身体的康复。同时，心里又略有不安，要是母亲知道她现在和陆一鸣的状况，还不知道会怎样呢。

生病期间，吴慧端着自己煲好的鸡汤过来探望她，程欣激动地快要流泪了。过了两周与世隔绝的生活，她迫切地需要沾点俗世烟火。

吴慧带来红尘滚滚的段子，够劲够辣。

她开了一个微信小号，千方百计钻到富姐所在的群并搭上富姐，成为富姐的网上闺蜜。在快要暴露之前，她把富姐正在热恋的老姚的渣事告诉了富姐，并说自己曾是老姚勾搭的众多小妞之一，还把老姚和其他女性聊天的截图发给富姐。富姐忍无可忍，找老姚对质。老姚百口莫辩，说全是假的，富姐根本不信。老姚又说都是过去的事了，富姐说好你个老姚，原来一直都这么渣。最后，当然是富姐把老姚甩了，老姚又回归家庭了。

吴慧说得眉飞色舞，程欣却不觉新奇有趣。执着是一种浪漫，一种理想主义，比如林然对话剧的执着（说好了不想他的呢）。可是，吴慧的执着是一种可怕的执念，它会毁掉一个人正常的思维。

十四

两周后，程欣的带状疱疹还没有完全好，医生建议她多休息两周，彻底好了再去上班。程欣也乐意不上班的逍遥日子，但又怕冷总不悦。她生病以后堆积了大量工作，刚开始同事还经常找她，问这问那，后来就不找她了。程欣乐得自在，也没过问。但现在又要有两周不上班，会不会影响工作？冷总会不会觉得为难？程欣小心翼翼地在微信里询问，冷总马上回复："不用担心工作，好好养病，彻底好了再来上班，身体最重要。"

程欣感激涕零。

一个月后，程欣身体痊愈，满血复活，神采奕奕地上班了。等到接手工作，她惊讶于这一个月的变化。之前她制订的关于投资业务的新规划，正在由冷总从同行挖的一个副总执行。她接触的几个项目，也正在由新任副总带着她的兵在稳步推进，有的开始尽职调查，有的进入谈判。周笑天那个小组，也任命了一个 30 岁出头的小齐担任组长，也就是投资总监。

小齐跟着周笑天做了两个项目，一直被周笑天压榨。项目谈判阶段不让他参与，只让他做尽职调查和写报告。论经验，小齐还欠缺，不过他精力旺盛，又野心勃勃，只要好好带带，成长很快。据小江说，现在冷总出去谈项目，都带着小齐。

小江说起小齐的时候，一脸的崇拜。程欣知道，小江有目标了。可怜的小秦，给小江送了那么多情报，也没能赢得她的芳心。

不知为何她突然对小江有了歉意。

跟对领导，才能有好的前程。她算不算好领导呢？她以前一直自认为是。对下属的指导从来都是毫无保留的，小江跟着她这两年，学了很多，从一个对企业和投资毫无实际认知的投资助理，成长为投资经理，不能不说老师很重要。而且，程欣自认对下属是大方的，她不会像周笑天那样对下属施些小恩小惠，做些表面文章，但在分配利益时，她是大方和公道的。然而，仅仅这两点就是好领导了吗？未来在公司，她能有多大的话语权呢？她无心高位，那跟着她的人，能有多大的发展呢？如果有一天她离开公司了呢？

没有谁是不可替代的。

屋中方月余，世上已千年。

刹那间，程欣思绪千回百转，她为自己最后冒出的念头感到既惊讶又兴奋。

更让她吃惊的是，小江说董事长已经离职了，并且正在接受调查，而周笑天是他的"白手套"。

"这事和我们公司有关吗？"程欣不动声色地问。

"欣姐，"小江凑过来，压低声音道："听说，是冷总去告发的。"

"哦？这事不要外传。"

"知道啦。不过，公司的人都在传，就你不知道了。"

"嗯，我知道了。你忙去吧。"

程欣突然觉得背脊一阵阵发凉。

周笑天和董事长固然是罪有应得，可冷总和陆一鸣怎么知道的这么清楚呢，而且一击即中，制敌于死地，毫不手软。

细思极恐。

这个江湖，一直都是血雨腥风的，而她之所以还能独善其身，是因为有陆一鸣在她身后。其实，她只想做个普通的投资经理，做好分内的事情。她并不贪恋投资总监、副总这些她感到难以胜任的职位。可是，在一个高速运转的陀螺里，她只是这个陀螺上的一颗螺丝钉，她被裹挟着必须保持同一转速，除非，她甘愿被甩出去。

她其实已经意兴阑珊了。不如归去。

"无论你什么时候开始写作，你都会是一个优秀的作家。"耳边突然响起林然的话语，他的笃定给了她莫大的鼓励。

一个念头冒出来后，就像心湖上的葫芦，你想把它按到水底，它还是会强行冒出来。

程欣不再像以前那样加班加点工作了，她明白了工作是永远做不完的，她明白了只有身体是属于自己的，其他的都可以被拿走。她到点就下班，她要回去给自己做饭，她不想天天晚上在公司加班叫外卖。应酬她能推就推，冷总现在出去应酬，不是带着小齐就是带着新任命的副总，她不以为意。她喜欢这种上班拼命工作，下班属于自己的生活方式。她阅读，并开始写作，发表在自己新开的微信公众号。

公众号并没有多少粉丝，她没有在自己的朋友圈发。她只是写给自己看，也发给关系好的几个朋友看。朋友圈大多是同事和工作伙伴，你写风花雪月，不是招人嫉恨吗，而且还会被扣上文艺青年的帽子。虽然她一向在骨子里自诩为文艺青年，但在职场中，文艺青年却意味着"清高、好高骛远和不安于工作"，她不得不有所隐藏。何况，投资圈金融圈的多数人整天汲汲于财富和名利，有几个人会看不着功利的文章呢？

陆一鸣似乎也有所改变。

他周末不再有应酬，在家陪文文，或者带她出去玩，陪她上话剧课。他们一家三口有时还去电影院看电影，并一起吃饭，文文很开心。她其实早就看出妈妈平时不在家住了，她希望父母能真正在一起。她早就忘了她的林然叔叔了，在陆一鸣和程欣面前也绝口不提他。陆一鸣提议，暑假一家三口参加美国名校之旅，文文欢呼雀跃，程欣也没有理由拒绝。

日子在平衡和谐中缓缓流逝，直到有一天。

十五

陆一鸣每个月会带着女儿去看他的母亲。这个周末他要去外地路演，嘱托程欣带女儿过去，陆母和弟弟对他们分居的事情并不知晓。

陆一鸣是家里的长子，站稳脚跟后，把在家乡工作的弟弟陆一山带到深圳，给他找了一家券商做经纪人，并经常介绍客户给他。后来陆一鸣和程欣买了大房子，把原来住的两居室给了弟弟。陆一鸣把母亲也接到深圳，父亲在他大学期间就因病去世了。弟弟在深圳结婚生子，母亲给弟弟带孩子。

陆母是个和善的农村老太太，虽不识字，却很明理，从来不过问陆一鸣和程欣的事情，也从未说程欣的不是。只要有时间，程欣都会和陆一鸣一起过去看望她。

下午在家里坐了一会儿，晚上一家人吃饭。其间程欣接到大学同学电话，约她晚上聊聊。程欣想着这位同学比较有钱，正好一山也在，可以一起过去，看看对方有没有股票投资方面的需求。

"嫂子，谢谢你。"晚上聊完后，陆一山送程欣回家。

"不客气。你这边佣金低，对他也是好事嘛。"程欣说。

陆一山刚来深圳的时候，在哥哥家住了一段时间。程欣对他很照顾，陆一山对嫂子很敬重。

两人聊天的时候，车载电话响了。

"康健得的钱打过来了吗？"是陆一鸣焦躁的声音。

"还没有。"陆一山瞄了一眼程欣。

"那个老狐狸，你盯紧点。"

"知道了哥，我在开车呢，一会儿再聊。"陆一山挂断了电话。

"康健得为什么打钱过来？"程欣问道。

"财顾费吧，哥帮他介绍上市公司嘛。"

"不是和智正签了财顾协议吗？"

"这个，两者不一样吧。我也不清楚。"陆一山说完不再言语，握紧方向盘盯着前方。

程欣也不作声了。这时，她的手机响了，是母亲打过来的。"欣欣，单位组织退休老干部去香港玩，两周以后，我报名了，我想顺便过来深圳看看文文。"

"妈，我知道了，你过来吧。我现在在外面，先挂了啊。"

母亲已经有两三年没有来深圳了，都是程欣带着女儿回去看她。母亲的要求，程欣无法拒绝。可是，母亲要是来了，以她的敏锐，即使程欣搬回来住，她也很快会发现女儿和女婿的婚姻出了问题。母亲这个时候来，不是添乱吗？

周一一早，程欣给康健得的郑总打电话，约他晚上见面。

郑总说晚上没时间，要请医院院长吃饭。

下午5点，程欣径直去了郑总办公室。程欣一改平日的衬衣西裤职业装束，穿了一件乳白底色、粉红小花的V领连衣裙，领口不大，却恰到好处地露出锁骨。白皙红润的脸颊，因为有粉色的衬托，更显得光彩照人。当程欣携带Miss Dior的淡雅幽香，一阵风似地突然出现在郑总面前时，他惊呆了。

"郑总，这是20年的陈酿茅台，当年专供驻港部队的限量版。一直没舍得喝，知道您会品酒，特意带过来给您尝尝。您不会拒绝吧。"程欣把一瓶茅台放在郑总桌子上。

郑总眼睛都直了。美人美酒，夫复何求。

饭桌上，程欣一个劲给郑总劝酒，夹菜，和他聊小孩、聊家庭、聊男人女人，就是不聊工作。等到一瓶茅台快干完了，程欣才切入正题。

"哎呀，忘了今天的主题了，恭喜郑总获得亿万身家！康健得以每股6元被收购，可喜可贺。"程欣端起酒杯道。

"亿万？6元？程总，啊不，欣妹，你可真会说笑啊。"

"怎么？这还能有错？上市公司都公告了。"程欣眨巴着一双大眼睛问。

"欣妹，你是真不知道呢还是装啊？"郑总抓着程欣的手问。

"你和陆一鸣谈的多少价格呀？"程欣盯着他，依然眼含笑意。

"5块。这也是对你我才说，其他人是绝对不能说的。"郑总凑到程欣耳边道，虽然喝得七荤八素，舌头都打结了，关键问题他可是不含糊。

"这可是一笔大买卖哟。"程欣慢悠悠说着，大脑却快速启动。上市公司对外公告以每股 6 元收购康健得的股份，控股 51%。康健得 4000 万的股本，一块钱的差价就是 2000 万。

她倒吸了一口气，酒也醒了。

"可不，他可不是一般的狠，净资产还不止 5 块呢。"郑总干了一杯酒，愤愤道。

"您说，这 2000 万该怎么分配呢？老赵知道这个价格吗？"

"当然不知道，否则买卖就做不成了，这种协议都是背靠背的，怎么分配，是陆一鸣的事。他和老赵报什么价格，看他的本事了。"

他甚至还可以找老赵要财顾费，智正和康健得签了财顾协议，有三分之一是给陆一鸣这个介绍人的。当然，这些和差价相比，都只是九牛一毛。程欣心想。

"你的钱给了吗？"

"我哪有钱。老赵那个老狐狸，要分批给我，还有一部分是换股，能拿到手的现金没那么多。"

"第一批资金应该到了吧？"

"这不刚到，你的小叔子就打电话催。我还要想办法怎么把钱转出去哪。"郑总又拍着程欣的手说："欣妹，你要小心啊。男人最关键的是要抓住他的钱袋子，那是他的命门。"

"谢谢您提醒，今天找您真是找对了。"程欣把手抽出来，嫣然一笑："我再敬您一杯。"

第二天，程欣如常上班，但大部分时间，她都把自己关在办公室里。她在房间里走来走去，紧张、兴奋又惴惴不安，不停地深呼吸来缓解心脏的过快跳动。每逢重大时刻来临她都会这样。

晚上11点，程欣坐在家里的沙发上揉着眼睛。陆一鸣开门进来，惊讶道："你怎么来了？"

"我想和你谈谈。"

"谈什么？"他不情愿地坐下来。

"你和康健得之间是怎么回事？"程欣尽量让自己语气平静。

陆一鸣愣了一下，他站起身，搓着双手，在房间来回走动，边走边说："你们公司签的是公对公的协议，私下有很多人等着分钱呢。老赵那边要大头，还有冷总，这中间每一个知道这事的人，都要分钱。"

"你和老郑谈的多少钱一股？"

陆一鸣停下脚步，沉声道："这个你不必知道。"

"你让一山收钱，不只是收这一笔吧，之前也收过其他的吧。"

陆一鸣皱着眉头说："有一点，都花了。家里开支那么大，我又不是印钞机。"

"你我的收入都不低，家里开支足够应付，你真的需要这么多钱吗？"程欣的声音有些发颤。

他摊开双手做无奈状，"规则如此，你不要别人要，别人要你就必须给。你在行业多年，不会不知道这些吧。"

"我知道，但也有清流。我以为你是，你这样和周笑天有何不同？"她不由提高了声调。

"我不是圣人，做圣人必须出局。我想成功，你知道的。"陆一鸣走到她面前，神情恳切。

"你的理想呢？"程欣迎上他的目光，急急问道。

记得多年前，陆一鸣刚做分析师的时候，他说投资是科学也是艺术，他热爱投资，他相信自己能给投资人带来丰厚回报。他写文章，他出书，他路演，他希望传播自己的投资理念。处在这个变革的时代，他不仅仅只想做一个分析师、基金经理，他还想留下自己的印迹。

"理想？"陆一鸣的眼光在她脸上轻轻滑过，不再看她，"理想是需要现实支撑的，理想的实现也需要非理想的手段。"

"二级市场就是靠天吃饭，行情不好的时候怎么办？该花的钱一分不能少。评选、宣传、募资、打点关系，哪一样不要钱？当你级别不够的时候，除了你的能力还要有人脉，人脉就是钱堆出来的！你以为那些人都是吃素的？哪一个不是比狼还要狠！只有比他们更狠，才有活路。"

他来回踱步，仿佛这是他的演讲舞台，他又恢复了台上的那种自信和骄狂。

"有没有想过，退一步海阔天空？"她问，声音尖利而薄脆，仿佛在疾风骤雨般的演讲声里，划开了一道裂缝。

陆一鸣却并未停下脚步，他摆摆手，像赶走一只嗡嗡作响的苍蝇，"那是弱者的自我安慰。这个江湖，从来就是只进无退。"

程欣沉默了。陆一鸣在另一条道路上狂奔，不是她拉一下喊一下就能回头的，也许只有等他摔倒了，他才会认真看看脚下的路。那个白衣少年，再也不会回来了。她痛苦地闭上了眼睛。

　　"陆一鸣！"良久，她抬起眼，打断了他的演讲。

　　他扭头，讶异的眼神里含着紧张。

　　她凝视着他，深吸一口气，一字一字清楚道："我们离婚吧。"

　　说完，她走进房间，关上房门，任泪水无声滑落。一个瘤子，在身体里长了多年，你以为适应它了。虽然，它时时作痛。可是，等到你要将它切除，你才感到真正的切肤之痛，痛到肉里，痛到骨髓里。

　　第一次见陆一鸣，是在学校的辩论赛里，陆一鸣比她高一届。他们代表各自的系队出征，他们在台上唇枪舌剑，他们在台下惺惺相惜及至后来花前月下。那时候的陆一鸣，经常穿一件白色 T 恤，清澈的眼神，干净的脸庞，有点像林然。想到林然，她的心又痛了一下。他们相爱了。毕业后他来到深圳，放弃了读研的机会，因为她说她毕业后要去深圳。像大多数 80后一样，他们的父母没有钱，他们得靠自己的努力闯出一片天地。他们租房住了好几年，文文是在出租屋长大的。后来，他们买了小房子，再后来又买了大房子，他们的生活越来越好，他们也越来越忙。从什么时候开始，他们不再说心里话了呢？从什么时候开始，他们不再做爱了呢？婚姻，真的是想说爱你不容易吗？还是，他们从来就不是一路人，或者，生活改变了

208

他们，让他们渐行渐远？

怕陆一鸣听到，她走进冲凉房开了水龙头，让泪水和着从天而降的自来水，恣意奔流。

第二天，陆一鸣拟了离婚协议书。程欣说等她从江城回来后办理。

程欣请了两天假，带着女儿回江城看望母亲。她不能让母亲来深圳，她在心里骂着自己不孝。她给文文找了外地的夏令营，一周后就走。她自己，则编了要去外地出差的谎言来搪塞母亲。她和文文都不在，母亲肯定是不会来深圳了。

母亲看到她们，高兴得合不拢嘴，忙前忙后，做饭、洗碗都不让程欣插一下手。在母亲面前，她永远都是小公主。

可是，自己又为母亲做了什么呢？程欣心里感到愧疚。她暗暗在心底说，以后要多带文文回家看望母亲，有一天，也要让母亲来深圳居住。

在家住了三天，看到母亲一切安好，程欣带着女儿坐高铁回深圳。回去的路上，她想应该告诉女儿了。

"如果有一天，爸爸妈妈不在一起住了，你和妈妈住，行吗？"她搂着女儿问。

"我当然和妈妈住了。"文文扬起脸，问道："你真的要和爸爸分开了吗？我还以为你们可以重新在一起呢。"

"对不起，很多事情，是很无奈的。不管爸爸妈妈之间发生什么，爸爸妈妈都永远爱你，爸爸也会经常来看你的。"她轻轻抚摸着女儿乌黑柔软的头发。

"妈妈，你也不用难过，其实我早看出你们之间有问题了。

你们觉得分开好那就分开吧。"轮到文文安慰妈妈了。

程欣心头一热，她搂紧了女儿。

回深圳后，程欣和陆一鸣办了离婚手续。文文由程欣抚养，陆一鸣搬出去住。

办完手续，他们各自道别，开车回去上班；就像十四年前，他们请假来办结婚手续，办完各自坐公交车回去上班。彼时，她的心情甜蜜而茫然，真的要将一辈子交给这个人吗？可是，为什么不呢？他那么好，他对我也那么好。而此时，她心情淡然，还有一点决绝的豪气。她以为她会悲伤，然而并没有，哭过痛过之后，她又恢复了元气。

她不是一个喜欢沉湎过去的人，她喜欢往前看，她相信前方有更好的风景等着她。

十六

七月初的一天，骄阳如火，碧蓝的天空拖着细纱一样的白云，空气洁净而清新，一如程欣的心情，明亮、清爽。

她像往常一样，精神气十足地迈入办公室。今天，她穿了一件白底、红色小波点的衬衣，清新而灵动。她和迎面走过来的同事互道早安，走进了自己的办公室。

她要做一件事，一件她想了很久而没有勇气做的事。

她来到冷总的办公室，将辞职信递给她。

"为什么？"冷总愕然道："有公司挖你？"

"没有新单位，我只是想辞职做自己喜欢的事。"

"做什么？"

"还没完全想好，阅读、写作吧。"

"程欣你不是开玩笑吧，怎么突然有这种想法。如果觉得工作累的话，可以休个假。如果觉得项目多做不过来的话，我可以安排其他同事做。我看你最近状态不错啊，怎么就不想干了。"冷总实在不解。

"其实我一直有归隐山林的想法。"程欣耸耸肩，自嘲道："虽然也从未热闹繁华过，但我一直希望，有一天能按自己的意愿生活。"

"能晚一点走吗？你投的一家企业马上要上市了，一年以后你就会有丰厚回报，如果现在走了，你什么都拿不到。"

"谢谢您替我着想。我不想等，一天都不想等了，何况一年。"

"你真的不在乎将要失去的财富、地位和多年职场打拼积累的经验和人脉？"

"有舍才有得，其实我们所需的远没有我们想要的多。"程欣微笑道。

"我从不怀疑你的才华。可是，这个世界从来不乏有才华的人，你确信你能成功吗？"

"如果想着一定要成功才能做，那我永远也开始不了。"

冷总低头，若有所思，一会儿，她抬头问道："陆一鸣知道你辞职吗？他也支持你？"

"我没有告诉他，我也不需要他知道。我们分手了。"

冷总再一次愕然，"哦，对不起，我不知道这个。为什么？"

"道不同，不相与谋。"

"你有新的感情了？"

"没有。"

冷总定定地看着她，像要重新认识她一样，半晌才道："当初招你进公司时，我就看出你不是一般的女孩子。但我真的没想到，你有这么清醒的认知和决绝的勇气。说实话，我羡慕你，甚至嫉妒你。"

程欣也有些动容，"冷总，很感谢您这么多年对我的培养和关照，我一直都非常尊重您欣赏您。"停了一会儿，她说出了那个一直不解却好奇的问题。"不过，有个疑问我一直想问又不敢问您。"

"是不是问我为什么没有和王总在一起？"

冷总如此坦诚直接，程欣倒没有料到，她不好意思地点点头。

"这么多年，我也一直在问自己。"冷总离开座位，走到窗边，望向远处深圳湾碧蓝如洗的天空，缓缓道："没有这个勇气，也许还是，不够爱吧。方方面面的考虑太多，而且，也要顾虑对方的想法。一段关系，走到哪一步，是要看对手的。"

她回头，看着程欣，"希望你能遇上和你匹配的对手。"

"谢谢您。"程欣笑意盈盈，她觉得自己该走了。"那我这几天办一下交接工作，下周就不过来了。"

"好的。"

她起座离开，快到门口，冷总叫住她。

冷总走到她面前，像是叮嘱又像是祝愿："一定要幸福。"

程欣点头，她的眼眶一热，她赶紧转身离开了。

一周之内，她失婚又失业，但她却感到无比轻松。她轻快地甩着手迈开大步，看看周围没人，竟然跳起舞来，一路欢快地冲到自己的办公室。她走到窗前，眺望窗外那个清新高远的世界，真想振臂欢呼："我来了！"

我们常常被困在一个自我设定的圈子里，但当我们抛开桎梏，生活可以比想象中更绚烂。

十七

一年以后。

新书发布会还有十分钟开始，程欣坐在后台百无聊赖地刷手机。她打开新闻，看到一则标题：传知名公募基金经理陆一鸣涉嫌内幕交易被调查。她赶紧点开，看完后叹息一声，放下手机，愣愣的。不久前小江告诉她，冷总出任了智正公司董事长，而她的知己情人王总，则"干而优则仕"，调到某部任职了。

"出来混，总是要还的。"她喃喃自语。

"我的大美女，马上要出场了，还在发什么呆呢？"吴慧走过来拍了她一下。她还是风风火火的样子，穿着一套紫色的洋装，涂着口红。她再也不会不抹口红素颜出门了，因为她单身了，她要吸引异性恋爱。

老姚回归家庭后，身在曹营心在汉，难过了好长时间，最后清醒过来，猜想可能是吴慧干的。之后，他充分发挥理工男优秀的逻辑思维能力，和吴慧展开了一场斗智斗勇，终于查明这一切都是吴慧的杰作。他死活要离婚，不管吴慧如何求他。他说他无法接受这样一个心机女天天睡在自己身边，说有一天小弟弟在睡梦中被割了都不知道。他头也不回地离开了这个家，即使儿子哭着喊他也没用。他什么也没要，净身出户，只求离婚。

吴慧哭成泪人，也哭醒了自己。她放手了，也给了自己重生的机会。

发布会正点举行。主持人先介绍了程欣的新书，接着请她做演讲。

她只是简单讲了一下写作的缘起，希望复制生命中曾经在意的一段经历。关于成长，关于人生，该说的都已经在作品里说了，无须赘言。之后，她开始了售书签名。

她只是一个新人，虽然小说很受欢迎，但来参加新书发布会和签名的人并不多，眼看就要签完了。

忽然，她听到一个声音："可以请你喝杯咖啡吗？讨论一下把你的小说改成剧本，你当编剧和女主，我当导演和男主。"

她扬起脸，看到一双熟悉的眼睛，清亮逼人，笑意里含着调皮。她也笑了，像阳光下盛开的玉兰花，那是他思慕已久的。

"我要看看我的日程表。"

男闺蜜

睡还是不睡，这是一个问题。

我走进淋浴间，拧开水龙头，水流哗哗地从天而降，可依然挡不住门外彭月轻快的歌声。

他凭什么这么悠然自得，曾经他可是给我拎包的小弟。

第一次见彭月，是一年半前他入职的时候。高瘦的身躯上顶着一颗圆圆的大脑袋，白净的脸上散落着坑坑洼洼的红色痘印，像满月照耀下的露天矿。这使他的样子充满了喜感。

彼时我已经在摩羯创投公司勤勤恳恳工作了四年，从投资助理做到投资经理。而比我小一岁的彭月，刚刚大学毕业。当然，这没什么可奇怪的。作为一个有家底的深二代，24 岁能大学毕业，算是对得起父母了。18 岁出国，1 年预科学语言，5 年修完本科，是正常流程，还有不少读了七八年不能毕业的。

留学生家底与毕业年限成正比，家底越厚，毕业时间越长。有一种说法，出国读书是个坑，也只有（父母）钱多（孩子）人傻的才会往里跳。

彭月其实并不傻。医生和教授的孩子，怎么会傻呢？可是，我一直不明白，医生和教授的孩子，怎么不爱读书呢？当然，彭月并非对书一无所知，很多书，他略知一二，但都只是皮毛，聊深点就支支吾吾了。后来才知道他根本没读过，只是家里有，偶尔翻翻，偶尔听父母提起。

后来才知道他不爱读书也是有原因的。

他说父母常在家吵架，有时他们会各自把书一摔，撸起袖子开干，吵架的主题应有尽有，从孩子买什么玩具到上什么培训班，从晚餐吃什么到假期旅行计划。幼年时的彭月实在想不通，鸡毛蒜皮的事有什么好吵的，平日慈眉善目的父母为什么吵起架来面目狰狞。他曾经想过劝架，无论他是在吵架的风口浪尖，亦或偃旗息鼓的时候出现，他们都会指着他恨恨地吼一句："还不是因为你！"吓得彭月想好的词全忘了，抱头钻进自己房间。当他们敲着他的脑袋，高声斥责他为什么不爱读书、没有遗传他们的优秀基因时，彭月通常是翻着白眼不作声。有一次实在忍无可忍，他大声回应："读书有什么了不起，你们读了那么多书还不是没教养，整天吵架。"说完，他迅速溜进房间锁紧房门，留下惊呆的父母在那里面面相觑。

据说那次他发作之后，父母在他面前安静了一段时间，两人相敬如宾，说话温言细语，对他也颇为忍耐宽容，但为时晚矣。彼时彭月上了初中，正是青春叛逆期，游戏玩得如火如荼，学校作业又多，哪有时间看课外闲书，何况，早已有了心安理得不读书的理由。

凭着父母的优良基因,他们可都是当年的学霸,四线城市高考状元,彭月虽然贪玩,但学习不算太差,一直徘徊在中游,眼看着考国内一本无望,父母砸下重金让他去英国念书,虽然不是名校,但也是正规大学,非野鸡学校。彭月早想好了毕业后回国,他可不想在国外站柜台,回深圳多好,有吃有喝有住,还有好工作。

当部门经理把他带到我面前,叫我好好带带他时,我心里一阵窃喜。好歹有个兵使唤了,莫非是升职的第一步?

开始,我还真挺上心。先让他看材料,熟悉业务。他连连点头,毕恭毕敬。第二周,准备教他业务。我给他发了项目资料,让他先看看。很快他说看完了。我让他说说项目概况。他没想到我来真的,翻着白眼说忘了,要再看一遍。这一看,就是一天。第二天,再问他,总算能说出个七七八八,但问到深一点的问题,又开始翻白眼了。我打开文件,一点点教他,项目的产品特点、行业状况、竞争优势和劣势,历史财务分析,未来盈利预测等,他鸡啄米似地点头,最后也不忘来几句恭维话:"亮亮姐,真专业啊,以后跟着你混了。"

千穿万穿马屁不穿,对于他时时挂在嘴边的奉承,我还是挺受用的。不管能力如何,态度是第一位的。

可他的能力,却让我大跌眼镜。

带他去考察企业,他一直默不作声,忠实地扮演着"拎包者 + 记录员"的角色,也算无功无过。回来后,我丢给他一堆资料,让他写企业介绍。做投资分析,企业介绍是最基本也是最简单的。等他吭哧了一天把作业交给我时,我无语了。且不说格式乱七八糟，分类凌乱，里面的内容也是东一块西一块，基本上是全部照搬原材料，没有加工总结。逻辑思维如此混乱，我不知道他大学怎么念完的，该学的投资分析、组织管理等课程，到底学了没有。难道果然是国外的三流大学好混，还是他雇了枪手考试？

当我指出他的问题后，他连声说要好好改。一点点手把手教他，他听得很认真，还在本子上做着记录，但最后给我的文档还是让我哭笑不得。我在心里把他定义为"猪脑"。

这个"猪脑"在别的地方却不笨。他知道自己的专业能力差强人意，于是在其他方面极尽谄媚之能事。

他每天提前半小时到公司，根据各位同事的不同需要，提前给他们备好茶水、咖啡，对我这个老师，更是热情周到，每天早上跑去离公司一站远的地方买我喜欢的早点。所有人的跑腿打杂都随叫随到，而且积极参与到办公室的八卦聊天中，为大家贡献 95 后的新思想。

一个 24 岁的小鲜肉、深二代，即使能力再不济，但态度是好的，人也是有形象的，提升了公司平均颜值。何况，给他的工资也不高，据说，这工资他父亲还出了一半。于是，他就在公司这么混下来了。

我以为他会在这里混到公司倒闭的一天，谁知道半年之后，他主动提出离职。离职那天，他请我去外面吃了顿饭。

"干得好好的，干吗要走？"

"哪里好了，你们都嫌弃我，只是没有表露罢了。"

"公司也需要你这种人。"我说。

"谢谢亮亮姐。感谢你一直以来的耐心教导，只可惜我不上道。"

他接着说，自己对金融不感兴趣，从小就不喜欢数学。大学的金融专业是父母逼他报的，说是出来好找工作。我问他喜欢什么，他说心理学。他笑称除了游戏之外，最有兴趣的就是看心理学书籍。我问他有何打算，他说准备在家备考心理咨询师资格证书。我祝他如愿考上，他祝我早日找到男朋友。

我眼一横："凭什么说我没有男朋友。"

"有男朋友会经常周末加班？有男朋友会一个人看电影？"他狡黠的眼睛闪着光。

"你怎么知道我一个人看电影？"我兀自嘴硬。

"根据朋友圈的蛛丝马迹分析的呗。"他一脸得意。

"管好你自己，姐的事不用你操心。"

"干得好不如嫁得好。多买点衣服，别就知道省钱。"

我冷笑道："真是站着说话不腰疼，你是深二代，父母给你备了房，我是深漂族，得自己买房。"

他耸耸肩，两手一摊嘻嘻一笑："这年头哪还有自己买房的，不都得靠父母。"

"我父母是四线城市的小教师，哪像你爸妈是深圳大中产。"

话是这么说，他的话对我还是有所触动。毕业后这几年，忙着充电，读研，考注册会计师，还有加班，可怜的闲暇时间所剩无几，根本没时间找对象。本姑娘又不是国色天仙，花香蝶自来。过了年，就 26 了。个人问题该进入"待办事项"了。

"两个月后有注册会计师考试，考完了好好相亲。"

之后，他时不时给我发相亲活动的帖子，多数我没有打开。去了两次，没有人对我示好，当然我对他们也无感。他追问相亲成果，我一笑带过，并且反客为主，询问他复习情况，果然他马上蔫了。

如我所料，他没有考上。除了玩游戏，我相信他无法在书桌前端坐半小时。我有几次在办公室看到他偷偷打游戏或是鸡啄米似的打瞌睡。

我脱光衣服，走进淋浴房，任水流顺着乌黑的秀发、光洁的肌肤和平坦的小腹流下。记得有个作家，说他的很多灵感都是洗澡时迸发的，因为人在身体放松的时候大脑也容易放空，而这时候潜意识或者说灵感就冒出来了。我闭上眼睛，试图让身体放松，然而一个念头始终在脑海盘旋：我们是如何开始的？

其实一直都没有开始。

成绩出来后彭月似乎消沉了几天，没了消息。一个月后他约我吃饭，说他找到了好工作。几个月不见，他风格大变，板寸变成了大背头，还留起了胡子。我心里直想笑，就像看到一个三岁小孩不停说我女朋友如何如何一样。

彭月无视我不怀好意的眼神，兴高采烈地说起工作。收入不低、工作轻松，就是陪人聊天、玩，帮她找到自己的男朋友。

"这不是约会顾问吗，还成职业了？"我惊讶道。

"亮亮姐，不能这么说哟，这是爱情咨询师，也是有条件的，看我学了心理学，对女性心理有了解才要我的。"

"关键是恋爱经验丰富吧。"我揶揄道。

彭月不理会我的讥嘲，绘声绘色地描述工作内容。这城市只有你想不到的，没有你做不到的。贫穷限制了我的想象力。也曾想过上相亲网站，但十几万元的会费，介绍一个不保证靠谱的男人，平均成本在一万以上，这些高投入都让我望而却步。

他的日常工作，就是为相亲网站的高端客户提供"陪伴 + 咨询"的服务，参与她们的休闲、社交活动，为她们寻找结婚对象出谋划策，帮助她们找到如意郎君。因为他是新人，工作内容相对简单，都是琐碎的小活，有时出席客户的社交活动，有时参与客户的相亲见面会，时间也比较短，有时半天，有时一整天。他说要等到三个月试用期满了以后，才可能分配到一对一的客户。

成为职业约会顾问后，彭月对工作十分敬业，但工作内容毕竟过于简单有限。百无聊赖之际，他主动要求当我的约会顾问，让我成为他的研究和指导对象。他经常询问我的个人生活，并给出建议。而我，也因为结束了考试，旋即投入到火热的相亲活动中。

这些花式相亲，有的没有任何限制，只要自称单身；有的限定年龄、学历；有号称高端的，要求男方提供收入和房车信息；还有各种专场，比如深二代、90后美女、文艺青年等。通常的环节是自我介绍、做游戏、吃饭喝酒唱歌，还有桌游、羽毛球、画画等。

我一不会唱二不会跳，也无其他才艺，外形不惊艳，邻家女孩路人脸，不活泼开朗，也不温婉可人，还相当毒舌。可想而知，我在相亲活动中何其不受待见。好不容易碰到个不知底细的，拐弯抹角问我，住房公积金多少，公司离家里多远，如何上班。我马上甩出答案，无公积金、租房、坐地铁上班。

　　我已经习惯了躲在人群中冷眼看风景，但彭月着急了。他说要让我脱胎换骨，第一时间赢得男生的好感。首先，外形要改变，从硬朗干练变成优雅妩媚。多年来，我一直留着披肩长发，省事、无须打理，上班时高高盘起，约会（虽然极少）时放下，自以为长发飘飘、清纯可人。

　　"No No No。"彭月摇着头，他上下打量着我的脸，"你的脸长，额头宽，要有点碎刘海。而且，长发固然是直男所爱，但满街都是长发飘飘，就没啥意思了。你的头发长度要在耳朵和肩膀之间"。他拿起手在我脖子上比画了一下。

　　"当然，改变发型容易，关键是——"他停了一下，眯着眼，然后伸手轻轻取下我的眼镜。

　　"除非绝色美女，女人戴眼镜都是减分的。"

　　眼前的他变得面目模糊，我睁大眼睛，刚想问咋办时，他将眼镜递回给我。

　　"做激光手术或者戴隐形眼镜吧。"

　　我重新戴上眼镜，连连点头。

　　他站起来，边走边说："你平胸，不要穿这种丝质衣服，那是身材臃肿的大妈穿的。穿剪裁合体的棉质衬衣会让你显得胸大，约会时可以穿深 V 的弹性贴身面料的衣裙。"

我居然一点都不生气，作为一个 A-Cup 女生，多年来已经习惯了男人对我的胸视而不见。这年头大家都学会了客气和佛系，能掏心掏肺说实话，真心希望你好的，才是真朋友啊。

"再教你一招，电眼术。颜值重要但不是最重要的，让男人对你有兴趣的秘诀是，要让他们认为你对他们有兴趣。对有好感的男生，要大胆地眼神接触，至少三秒，记住是三秒哦，多了让人尴尬，少了没效果。"

"最后，就是话术了。说话不要太直白，不要把他们都当作我。"我瞪了他一眼，他咧嘴一笑，"说话要委婉、有所保留，嘴角时时挂着微笑，注意倾听。找话题让男人高谈阔论，而不是让他们只和你聊硬件。"

之后的一个月，按照彭老师所授，我从头到脚、从眼神到话术，有了全新改变。且不说职场中的同事和合作伙伴对我刮目相看，友善有加，重返相亲市场，更是有了质的飞跃。对我感兴趣的男生多了，质量也高了。然而现场热聊的男生，其后基本会有三种情况出现。一是悄无声息，二是尬聊，几句聊死没下文了，最后是有约会的。大多是一面之后双方都断了念想，没有一个见面超过三次。

每次相亲，彭月都会给我支招。从参加前分析成员来源、制订相亲策略到活动后的双方互动，他都会事无巨细给予指导。可惜我总是不上道，要么把天聊死，要么嫌对方毛病多，要么死守不主动，最终也没钓到一条鱼。彭月不断给我打气，说广种才能薄收，我却意兴阑珊了，暂时结束了频繁的相亲活动，回到从前，做个安静的美少女。

爱情却在最没有料到的时候来临。

我闭上眼睛，任水流冲刷头顶。遐想之际，门外传来彭月关切又调侃的声音。"亮亮，你在里面待好久了，没事吧？"

"马上好了，玩你的游戏吧。"我高声道。

他什么时候开始叫我"亮亮"的？是和他说了那次艳遇之后吗？

去北京调研企业，遇到深圳同行，那个人（我都不想再提他的名字，就叫Y先生吧）是公司的投资总监。三天的时间，我们一起看企业、一起吃饭，一起和企业团队推杯换盏，我们在餐桌上眉来眼去，我的电眼术貌似发挥了作用。坐车时我们默契地并排而坐，有意无意地膝盖相碰，我感觉自己的呼吸快要静止了。他的每一个细微动作，在我眼里都意味深长。最后一个夜晚，我们去了酒吧，他喝了很多酒，将我搂进怀里。那一刻，我幸福得快要晕倒。我想久违的爱情来了，他就是我一直喜欢的那种人，从外表到气质。

从酒吧出来后，我们一起回酒店。他去了我的房间，我们住在酒店的同一层楼。那一晚，脑海里反反复复只有一句诗："金风玉露一相逢，便胜却人间无数。"

之后三天，我一直晕晕乎乎，像脚底踩着棉花，感觉自己不像活在人间。我被爱情冲昏了头脑，得意地给彭月拨了电话，告诉他我恋爱了。起初，他仔细询问我对方的条件和相处的细节，只是，他的问话好像越来越少，只剩我喋喋不休地诉说，最后我说完了，等着他的点评。

电话那头沉默了半天，终于听到了一句话："他睡了你？"

"是啊。"

"为什么事先不给我打电话？"

"我哪想得起来啊。"

"才认识三天，就上床？"

"不行吗？我喜欢他。"

"你会有好果子吃的，我有事先忙了。"他挂了电话。

我拽着电话愣了一会儿神，难道他吃醋了？

彭月不愧是爱情咨询师，他的话很快应验了。

之后都是我主动找 Y 先生说话，开始他礼貌性地问三句回一句，希望把天聊死。偏偏碰到一个不怕死的，死缠烂打，他干脆回，工作中，很忙。约他见面，他说加班，最后干脆说出差。最后的最后都懒得敷衍了，无论发什么，都如泥牛入海。

事实显而易见。

我的心一点点下沉，失望、愤怒、沮丧、悔恨，思绪如麻，紧紧捆住了我。其实从一开始，我就清晰预见了这个结果，可我一直不愿正视，直至他从我的生活中彻底消失。

有一种开心叫死心。

我终于解脱了，可是，心还是痛的，像撕裂了一个口子。痛苦中我找到彭月倾诉。

他静静地听我说完，递给我一杯水。

"你指望男人爱上认识他三天就和他上床的女人？你不是很矜持吗？"

我居然无法反驳，也无法愤怒。他一眼看穿我的内心。我不是傻子，我当然知道这个颠扑不破的爱情法则，男人不会珍惜他轻易得到的东西。可是，那个晚上，如果我不和他睡，我还有机会吗？

"他要的是一夜情，你却想谈恋爱。他把你当炮友，你却希望做他女朋友。"

我低下头，是我想要的太多了。内心深处，我清楚知道我当时选择的后果。那个晚上，如果拒绝他走进我的房间，之后我和他或许不会再有联络，或许会暧昧一段时间，但很难再走那么近。他是精英型男神，身边定有不少美女，不会把一个长相普通的迷妹挂在心上。让他进入我的房间，我会有一个销魂的夜晚，一段美好的回忆。如果，我能做到，从此与他相忘于江湖。

然而，我知道自己做不到。

"亮亮，离开他是好事。我查过了，他是渣男，频繁换女朋友，还经常劈腿。"

传说中的金融圈渣男，居然让我碰到了。

从此我对感情更加佛系，也许真的要孤独终老了。

我走出淋浴间，用毛巾擦干了身上的水，穿上衣服，看到洗手台上的手机亮了一下，我点开，是公司领导的微信：明天不用回公司了，上海的项目出了点问题，过去看看。

本想着明天周六，可以逛逛京城，可是公司偏偏连休息日都要压榨。

情场失意，收拾心情转战职场，一路披荆斩棘，如拼命三郎。领导再次对我刮目相看，并委以重任。于是，没人去的外地项目，成了我这个单身人士的专利。

三天前，我被派往北京出差。彭月说巧了，他也正要陪客户去北京。

自从有了彭月做约会顾问，不仅相亲事宜时时向他讨教，工作中的烦心事也向他倾吐。毕竟他是我的前同事，办公室的张三李四他都认识，说起来也是个知情者，所以给出的安慰和建议也更精准，直达我心。其实，多数时候，我只是想抱怨一下，职场中的真正烦恼，他知道多少呢？他在职场混过几天呢？难道约会顾问也能称作职业？

虽然我对他的工作隐隐有些鄙视，他自己却充满热忱和使命感。试用期满后，由于表现优秀，公司给了他一个大客户。这个大客户试用了一个月后，对他的表现极其满意，和他签了一年的合同。我问他报酬多少，他笑而不答。再问，他挤挤眼笑称，怕我知道了当场晕倒。我问他客户其人和服务内容，他说是有钱人，提供爱情咨询，帮她找到对象。

说了等于没说。

"你不会三陪四陪把自己的身子也陪进去吧？"我嘲讽道。

"怎么会，我们可是有职业操守的，卖艺不卖身。"他竖起一根指头，做指天发誓状。

免费吃喝、陪旅游看风景，还有人给钱。我是不是该考虑转行了。

在北京马不停蹄忙了两天，第三天终于如期圆满完成任务。彭月发来消息，说晚上去酒吧庆祝放松一下。在选择酒吧时，我鬼使神差地说了之前和 Y 先生去过的地方——八里屯。

一切仿佛昨日重现。

我和他喝酒、聊天，晕晕乎乎，他打车送我回酒店。在进入酒店电梯的瞬间，我突然清醒了，我说你不用进来了，我自己能上去。他却坚持要将我送到房间，否则不放心。一路上，他身上散发的气息一直在我的耳边挠痒痒，我的心怦怦直跳，却强作镇定，一言不发。进了房间，他扶我在床边坐下，我感觉自己快要支撑不住了，虚弱地说："给我倒杯水吧。"他走过去倒水，我艰难起身，扑向卫生间。

该出去了，该面对的终归要面对。

我关上淋浴间的水龙头，拿起手机，大声道："周总，知道了。您刚才说在哪碰头？楼下咖啡厅？十分钟之后？好的好的，我马上下来。"我断断续续说完了上面的话，在房间里定了定神，打开房门。

彭月坐在沙发上，他起身向我走过来，说道："你酒醒了我就放心了。刚才客户给我消息，要我去陪她，她刚见了前男友，可能心潮起伏吧。"

"好好照顾你自己，别睡太晚。"他将手放在我的肩膀，轻轻按了一下，然后走出了房间。

门"砰"的一声关上了。

我呆呆地坐在床上。我以为我会如释重负，然而新的东西压在了我心头。

那晚我做了一个春梦。我有时会做春梦，但梦里的男人从来都是面目模糊的，而且没有一次是成功的，总是有各种原因不能得逞。这一次，也不例外。但是，"他"居然有了面目，是彭月！梦醒了，我依然闭着眼睛，而且恬不知耻地笑了。微微睁开眼，周遭一片漆黑。

夜已深，此时他是不是在女客户的身边，柔情缱绻呢？

北京之行后，彭月突然对我冷淡了。这是我过了一个月才发现的，我这人有些后知后觉。他先是有一个星期没主动找我说话，而我因为工作忙碌，也未觉察异样。后来我主动找他，他反应冷淡。我约他见面，他说工作忙，没空。这时，我才突然意识到，他是不想理我了。

难道帝都是我的魔地？从那里回来的男人，都要离我而去？上一次，我失去了一个假想的恋人，这一次，我失去了一个真实的朋友。

然而，我不想就此罢休。

我来到彭月就职的"花好月圆"相亲网站办公地，坐落在本城最高的大楼"双子星"，占据了一层。我走近前台，对着正在扑粉的一个女孩说："我想找爱情咨询师。"

她上下打量了我一眼，丢给我一个小册子："您先看看我们的服务内容和价格。"

"早看过了，我要见你们的销售顾问。"我把小册子扔到一边。

女孩放下粉盒，拨了一个电话。她把我领到接待室，说一会儿有销售顾问过来。

没多久，一个眉眼周正、身材微胖的中年女性向我走来。她的嘴角向上牵拉着，像时刻准备着照相时喊"茄子"。落座后，她开始向我介绍，我打断她的话说："你们是不是有个叫彭月的咨询师，我想找他。"

她面露惊讶，随即又表示惋惜，说彭月刚离职了。我追问他的离职原因和去向，她说咨询师的流动很正常，彭月离职后的情况她也不了解。

我想了想又问："你们需要女性咨询师吗？"

她牵了牵嘴角说："实在抱歉，目前没有这方面需求。我们缺的是男生。"

"这不是性别歧视吗？"我嚷道。

"没办法，我们只能跟着市场走，深圳的优质单身女性数量远远超过男性。我现在给您介绍其他咨询师，包管您很快找到称心的男朋友。"

我心不在焉地听着，正准备闪人，突然听到一个女人的声音："刘顾问，什么时候给我分配新的咨询师啊。"

我抬起头，一个30多岁的女人正朝这边走过来。简约的黑白套装，利落的短发，浓淡相宜的妆容，使她显得明艳而精干。

她朝我点点头，在我旁边的椅子上坐下。刘顾问微微牵起的嘴角瞬间上了几个台阶，颧骨两边的肉都快冲到眼睛了。

"赵小姐，实在对不住，最近没有新人入职，客户却越来越多，优质咨询师我都推给您了，您再看看？有几个还是不错的。"

"好的咨询师都和客户签订了长期合同，现在剩下的，竟是些不懂事的小毛孩，像彭月这样年轻又成熟的实在凤毛麟角。"

"您真是慧眼，这位张小姐也是来找彭月的。"

"哦？你也知道彭月？"她转过脸，略显惊讶。

"听朋友说的，她也曾是彭先生的客户。"她撒了一个小谎。

"可以知道你的名字吗？"她微笑道。

"张亮亮。"

"我叫赵茜，很高兴认识你。"

这时候前台妹子走过来，在刘顾问耳边嘀咕了几句。刘顾问的脸上立刻堆起干草般的笑容，连声道："抱歉抱歉，你们先聊，我失陪一会儿，马上回来。"说完她急匆匆走了，许是接待别的客户去了。

"上个月你去北京了？"赵茜突然问道。

"……"我张了张嘴，又闭上了。

"不好意思，因为你是彭月的朋友，把你当彭月了，说话比较直接。"她笑了，接着道："虽然我是彭月的客户，但我们也是朋友，我的私生活他都知道，他也会和我说些他的事。"

"他说了什么？"

"半大男孩，也没多少事，家境比较顺，工作也是凭兴趣。他说毕业后在摩羯创投做了半年，是因为一个叫亮亮的女孩子，否则早就走了。"

我低下头，看着捧在手心里的杯子，它已经被我暖热了。

"上个月我去北京出差，叫彭月一起去。我的初恋男友在北京，我刚得知他离婚了，想见见他。那天他载我去香山，我

231

们玩得很开心，晚上一起吃饭，也聊得很好，我们依然有感情。但当我规划未来时，他却说我们不可能。"

"为什么？"

"他说我太有钱了。"她苦笑道："虽然我已按照彭月的建议，换了平价衣衫，提议去普通餐厅，言谈不涉及一丁点自己的资产和住房状况，但是，其实他早就查到我是某家上市公司的十大股东之一。"

"他是做什么的？"

"大学教师，收入不高但生活稳定惬意。如果他去深圳，找不到同样的工作，他不愿意，如果我去北京，他怕我热情劲儿过了后，不适应北京生活，反过来怪罪他。"

"他想得可真多，只要两人相爱，哪有克服不了的困难呢？何况你这么有钱，至少生活无忧。"

"是啊，人就是这么奇怪，总是向往得不到的东西。没钱的时候渴望有钱，有钱了奢望纯粹的感情。他这样思前想后，明明就是不够喜欢，我想想也觉得没劲，又不甘心，那天晚上就想找彭月聊聊。"

我端起杯子抿了一口水，静静听她述说。

"我心情郁闷，想喝酒，要彭月带我去八里屯。他说昨天和一个女孩去过，不想再去。于是我们换了地方。开始他一直不肯喝酒，只是安慰我，帮我分析，出主意。后来我问他，昨天和他喝酒的是不是亮亮，他不说，却叫了酒，一杯又一杯。我们喝到酒吧打烊，他送我回了酒店。"

"你们……"

"第二天我和彭月回了深圳，第三天他上班的时候递了辞呈，理由是想创业。我和他签了一年合同，他中途毁约，要没收保证金，还要罚款。"

"他为什么急着辞职？创业不在一时。"

"也许……他不想为我服务了吧。"赵茜幽幽道，眼睛像蒙了一层薄雾。

"你后来见到他了吗？"

"我约他见面，他寻了理由婉拒。直到我碰到事了，找他，我们才见面。"

"你碰到什么事了？"

"认识了一位青年才俊，我们一见钟情，频繁约会，他提出想和我结婚。"

"这不是挺好吗？"

"可我总觉得他有事瞒着我，结婚这么大事，还是得了解清楚。多亏找了彭月，我才知道他是大渣男。"

"谁？"我不动声色问道。

"叶新俊，也是你们投资圈的，你认识他吗？"

"不认识。"我用手捋了捋头发。

"此人可是本城金融圈十大渣男之首，还好你不认识。最近五年就谈了近百个女朋友。每个女朋友，从认识到上床到分手，不超过三个月，同一时间段又有四五个女朋友在谈。"

"你怎么知道的？"

"当然是彭月神通广大了。他还找到几个前任，我们建了群，准备收集证据，将他的恶行公诸于世。"

"好事。"杯子里的水已经凉了，我举起杯子，一口喝干。

她低头看了一下手表，说："我还有事，得先走了。"她起身欲走，突然又似想到了什么，重新坐下来，望着我，认真道："今日相见，也是有缘。想起一句话送给你。"

"你说。"

"有花堪折直须折，莫待无花空折枝。"

"谢谢！"我心里一动，一时却想不起诗句回赠与她，只得赶紧补道："你也一样。"

她微微一笑，转身离去。

我也该走了。

从"双子星"大楼出来，天昏暗下去了。远处游荡着紫灰色的云霭，收敛了落日的余晖。

周五的下班时分，最令人期待。人们兴致昂扬地奔向各个聚会场所，或是一个叫"家"的地方。我该去哪？回出租屋追网剧，还是一个人去看电影？

我在街头漫步，突然发现自己并没有一个朋友。

我做过情感测试，属于"疏离型"人格，我独立自信不黏人，我相信天助自助者，他人只是锦上添花，很少雪中送炭。这么多年，我虽然并非独行侠，但可以交心的朋友寥寥无几，而少有的几个闺蜜有了男友后，也很难约到了。何况，有些事我并不能和她们说，诸如睡了"男神＋渣男"之类。

我举目四望，前面就是 CBD 酒吧一条街，我看到"发呆"二字。许多次深夜加完班，拖着疲惫的身躯经过这里，但一次也没有进去。这里夜夜欢歌，型男潮女摩肩接踵，真的是为了

"发呆"吗，还是追逐着热闹欢娱？热闹让人有一种虚空的充实感，不再感觉孤单。谁都喜欢热闹，而且热闹那么廉价，30元即可获得。而发呆，却是无价的。

今天我要体验这无价的享受。我走进酒吧，找了一个靠窗的位置。除了吧台上两个侍应生，没有一个客人。我喝着啤酒，静静看着窗外的风景，流动的汽车，变化的云彩，还有行色匆匆的人。

没多久，我就感到无聊。不是每个人都能消受奢侈品，人们习惯了拿各种东西塞满虚空，加班、聚会、运动、娱乐、刷屏，唯独没有发呆。

我打开手机，机械地刷屏，满屏都是扎心的语句。

优秀的姑娘必须要有性生活。

这个世界，遇到爱和性都不稀罕，稀罕的是遇到了解。

简直扯淡！都是些饱汉不知饿汉饥的家伙。这个世界缺的不是了解，而是爱和性。我已经空窗五年了，爱和性，都那么遥不可及。作为一个风华正茂的姑娘，是不是太失败了？我努力工作，认真生活，希望自己配得上优秀，但我依然没有性生活。

我举起扎啤，仰头喝了一大口，一股悲凉袭上心头，我突然流泪了。想起这20多年流逝的无声无息的青春，想起无数个寂寥的夜晚，想起这该死的需要又得不到的性，想起这深情而又薄情的世界。

还有，那句"花开堪折直须折"。

彭月是我最可信赖的朋友，而我，真的失去他了吗？

我拭干眼泪，给他发了微信：我在"发呆"酒吧，速来。

"好！"他居然秒回。

十五分钟后，他出现在我面前。他剪回了寸头，胡子也刮了，脸上的痘印依然醒目，如雪地上的点点落红。他在我对面坐下，要了一瓶啤酒。

"最近忙啥呢？信息都不回。"

"准备创业做交友平台，注册了公众号'圆梦'，先吸引单身男女投递资料，然后组织线下活动，聚集人气。"

"做这个的不是很多吗？深圳就有 100 多家。"

"嗯，市场我研究过。目前这种免费的以公众号为阵地的交友平台的确很多，不过因为对客户免费，平台不赚钱，大多数团队都是兼职做。因为兼职，对客户的信息就无法做到严格把关，只是信息发布而已。我是专职做，不仅对会员信息严格核查，还将启用一整套独创的心理评价系统，包括心理测试、心理咨询以及配对测试等等，指导会员恋爱，帮助他们找到合适的另一半。目前已有 300 多位会员提供资料……"

"下午去了'花好月圆'，见到了你的赵小姐。"我无心听他的事业宏图，打断他的话。

"我从公司离职了，她不再是我的客户。"他淡淡道，脸上有些不悦。

"你辞职是因为不想再见到她吧。"

"我只是想做自己的事。"

"是吗？来，今朝有酒今朝醉，有花堪折直须折。"我和他碰杯豪饮，饮毕，将大杯子"砰"的一声放在桌子上。

236

"你怎么啦，没醉吧？"他走过来坐到我身边，关切道。

"赵小姐说有花堪折直须折，可是怎么就没人折我呢，难道我是狗尾巴草？"我大声道，像一个醉鬼，我希望自己醉了，这样我可以大声吼叫，借酒发疯。我习惯了做一个严谨自律的好姑娘，今夜，我要尝尝放纵的滋味。

"你傻呀，谁说你是狗尾巴草，你是……玫瑰。"他用手轻轻拍了拍我的肩膀。

"那……一会儿去我那？"我凑近他，对着他的耳朵喃喃道。

他的身子抖了一下，似乎是惊到了，半晌，他低声道："你并没有喜欢我，至少目前没有，你只是现在……需要一个男人。"

"那又如何？"

他看我一眼，将目光放向远处，缓缓道："性是建立在双方互爱的基础上的，无爱或者一方有爱，只会索然无味或者……徒增痛苦。"顿一顿，他又温言道："我以为你明白，在经历了叶某人之后。"

"那你和赵小姐呢？"

他低下头，略停顿了一下，说道："这世上许多事都只是过眼云烟，唯有真正的感情沉淀心底。"他说完，看了我一眼。

我避开他的目光，将杯中酒默默饮尽。

"走吧"。他站起身，拉着我的手。

我说好。

他打车送我到家。车停了，我下车，他却没有动。

"今天是我老妈生日，他们在家等着我。你早点休息，睡

237

一觉就好了。"

我笑一笑，对他挥挥手，转身别过。他曾经说过他老妈是处女座的，所以生日并不在这个明朗悸动的初夏。

然而，一个人愿意为你编织善意的谎言，亦是有心。

我坐在沙发上，发怔，头有点疼，什么都不愿想，什么也想不了。这一次，是真正的发呆了。不知过了多久，我睡着了。

居然一夜无梦。

醒来的时候阳光铺满一地，有几束落在我的脚上、身上和脸上。我贪婪地吮吸着空气的洁净清透，大大地伸了一个懒腰。那些从身体里冒出来的思绪，如蒸气一般消失在晨曦中。

真好，今天是周六。我打开"待办事项"，上午收拾房间、下午健身，晚上参加"实景剧本杀"。明天呢？我皱了皱眉，打开微信，这个男生两周前见了一面，不讨厌，是不是可以聊一下？对，就是他了，问问他明天干嘛。

我正寻思着，彭月发来了微信："今天心情可好？看看朋友圈。"我赶紧点朋友圈，满屏都是"金融圈首席渣男五年交了百位女朋友"。我打开一篇，原来是 Y 先生，居然还有他的裸照，一丝不挂地躺在床上，歪嘴闭眼，流着口水。文章内容翔实、图文并茂，触目惊心，也大快人心。

今天可真是个好日子。我拿起钢笔，走到挂历前，在今天的日期上重重画了一个叉。

这是终点，也是起点。

"阳光灿烂，朕心甚悦！"

"哈哈，天网恢恢，疏而不漏。"

"你的圆梦什么时候上线啊，我等着尽快脱单呢。"

"快了，快了。"他发了一个鬼脸。

这一次，我坚定地相信彭月能成事。我信心满满，期盼着他的"圆梦"能让我梦圆。